KB230572

그녀가 내게로 왔다

송이현 산문집

도서출판 상상인

그녀가
내게로
왔다

건강한 아이를 출산하려면 좋은 생각, 좋은 음식, 좋은 음악, 쉼이 필요하듯이 책을 쓰고 다듬는 일도 그러했습니다.

그렇게 쓴 글들을 모아 한 권의 책으로 세상에 내놓으려 합니다. 시집을 먼저 내보냈을 때의 설렘과 떨림이 다시 찾아왔습니다.

감정이 아니라, 시간을 견뎌낸 기억들이라 더 조심스러웠고, 더 아팠습니다. 글을 쓴다는 건, 결국 살아낸 시간을 다시 기억하는 일인지도 모르겠습니다. 그래서 버틸 수 있었습니다.

이 글들이 누군가의 마음 한편에 가닿을 수 있다면, 그동안의 아픔도 기꺼이 받아들일 수 있을 것 같습니다. 글을 쓰면서 저의 우울이 치료가 되었습니다. 글의 힘인가 봅니다.

글쓰기는 멀리 가는 길입니다. 멀리 가는데 함께 도와주신 분들께 감사드립니다. 춘천문화재단의 후원으로 책을 내게 됨을 진심으로 감사드립니다.

글을 쓰느라 소홀했던 일과, 시간을 홀로 잘 견뎌준 남편에게 미안하고도 고맙습니다. 표지 사진과 본문 그림으로 책을 빛내 준 아들, 며느리, 가족 모두에게 사랑과 감사의 마음을 전합니다.

모두가 행복해지는 아름다운 세상이 되기를 바라면서…

2025년 6월
송이현

| 차 례 |

1부

어슬렁거리다 온다

농부가 농작물을 천적으로부터 지키는 일이 얼마나 어렵다는 것을 새삼 배운다. 끊임없이 새로운 풀이 솟아나는 것은 걷잡을 수 없는 일이다. 약으로도 죽지 않는 풀과 해충이 있다는 것을 알았다. '망초'라는 풀은 약으로도 제거할 수가 없어 별도의 약을 써야 한다. 근본적으로 뿌리를 죽여야 한다는 것인데 토양에 살고 있는 각종 유익한 미생물까지 사멸시키는 일이 된다.

그 넓은 밭에 '망초' 풀을 손으로 뽑았는데 한계가 있었다. '망초'가 자라면 1미터 크기로 자라서 작물이 받아야 하는 햇빛도 받지 못해 피해를 준다. 그대로 두면 해바라기처럼 크게 자라겠다. 무성한 잡초 사이를 헤집고 다니다 보니 풀 알레르기도 발생했다.

온몸에 돋은 좁쌀 같은 붉은 반점이 내 몸을 힘들게 했다. 마치 풀들이 내게 항의하는 것 같다. "우리의 세계에 들어온 당신은 침입자예요. 어서 나가 주세요."라고 풀벌레들이 나에게 공격한 느낌이다.

작물과 잡초가 함께 살아가는 것도 좋겠지만 작물을 돌보지 않으면 식탁에 오르지 못할 만큼 먹거리가 없다. 어쩔 수 없는 선택으로 각종 약을 잡초에 맞게 칠 수밖에 없다. 농사를 짓는 사람들도 나와 같은 풀 알레르기 과정을 거치면서 적응하지 않을까 농사를 짓다 보면 이러한 일도 하나의 과정이라고 생각해야겠다. 내 몸도 적응하면서 풀과 벌레들에게도 친해져야 하나 보다.

사과나무에 무덤만큼 풀이 자라서 걷잡을 수 없을 정도로 무성했다. 손으로 뽑아서 깔끔하게 제거했지만 풀은 돌아서면 자란다, 라는 말을 한다. 끝없이 나를 약 올리는 풀과 벌레들, 어쩌면 그들의 세계에 내가 침입한 사람이 되고 있는지도 모르겠다.

남편의 노고를 이제야 알 것 같다. 각종 잡초와 해충들을 제거하느라 혼자서 많은 수고를 말없이 해왔음을 느낄 수 있었다. 밭에서 돌아올 때면 빈껍데기가 오는 것처럼 보인다. 온 힘을 쏟아내고 겨우 집으로 돌아오는 날도 있었다.

평소에 농원을 함께 갈 때가 있는데 나는 손님처럼 원두막에 앉아서 책이나 신문을 읽고 남편이 일하는 것을 멀리서 지커보며 때가 되면 간식과 식사를 챙기는 것으로 내가 할 일을 다 한 것처럼 그랬다. 동네 사람들이 무어라 했을까? 농촌 사람들은 관심이 많다. 밭에서 누가 일하는지, 혼자 일하는지 둘이 일하는지도 알고 있다. 어쩌면 나에게 한심한 여편네라고 말했을지도 모르겠다. 그야말로 남편은 머슴이고 나는 지주처럼 어슬렁거리며 왔다갔다하면서 석양이 지기만을 기다렸던 날도 있었다.

할 일이 태산 같아 엄두가 나지 않았다. 끝없이 등장하는 잡초는 잡기도 어렵다. 어디 그뿐인가 발에 차이는 돌도 골라야 하는데 이 또한 산 넘어 산이다. 너무 많은 풀과 돌은 감당이 안 되어 아예 포기하고 만다. 신선놀음으로 점심이나 먹고 경치 좋은 배경을 보면서 하늘이 파랗다느니 솜처럼 하얀 뭉게구름이 그림 같다느니 철없는 소리 지껄이면서 미안한 마음을 대신했다. 그렇게 농땡이를 치다 집으로 오곤 했다.

"당신은 오두막에 앉아서 책이나 보라."고 말한다고 해서 그렇게 할 일이 많은 밭에 와서 책이나 보고, 어쩌다 차이는 돌을 집어 던지는 것이 고작이다.

이렇게 많은 일거리를 남의 일처럼 보기만 했던 철없는 아내였나 보다. 남편의 지친 모습을 보고 도와줄 행동은 하지 않고 아무 소득이 없는 땅 팔아버리라고 얼마나 성화를 했던 것인가. 그보다 피곤한 말이 어디 있을까? 남편이 가장 싫어했던 말이다. 지금 생각하니 나의 철없음은 한 치 앞도 내다보지 못하는 근시안이었다.

웬만한 먹거리는 자급자족하였다. 고추, 들깨, 콩, 고구마 등은 제공되었다. 땅이 있다는 것은 보물이 있는 것과 같다는 말을 실감했다.

우리에게 안전한 먹거리를 제공해 주는 땅은 그야말로 보물창고나 다름없었다. 하느님의 말씀은 밭에 숨겨둔 보물과 같다고 하셨는데 알 것 같다. 모든 재산을 팔아 밭을 사야 하는 이유를! 농사를 짓는 농부들 또한 보물을 캐는 사람들이다. 앞으로는 곡물이 무기가 되어 곡물 전쟁이 일어날 수 있다고 말한다. 내 땅을 가지고 있으면 내 먹거리는 내가 마련하지 않겠는가! 그러니 밭에 보물이 있다고 하지 않는가! 소중한 밭에서 어슬렁거리다 오는 나는 손님이다.

글로 세상을 담아야지

'보낸 글 첨삭과 강의가 있으니 참석해 달라'는 메시지를 받았다. 마침, 특별한 약속도 없었고, 내 글을 잡지에 실어주는 자리라니, 궁금하기도 해서 서초동 강연 장소로 향했다.

이미 강의실은 사람들로 가득 차 있었고, 살짝 당황한 나는 옆 사람에게 양해를 구하며 조용히 맨 뒤에 앉았다. 강사는 잡지를 발행하는 변호사로 성공하였고 글 쓰는 사람으로도 유명해진 강사였다. 지방 사투리를 거침없이 쓰는 모습이 낯설면서도 왠지 친근하게 느껴졌다. 오랜만에 고향 사람을 만난 듯한 정감이랄까. 강연이 시작되자 강사는 글이란? '검색할 수 있는 소재로 쓰는 것이 아니라 자기 생각과 감정으로 써야 한다'라고 강조했다.

어떤 글들은 설명문인지, 수필인지 분간이 안 될 만큼 주제를 놓치기 쉽다며, 네이버에서 쉽게 찾을 수 있는 내용은 글의 가치가 반감된다고 했다. 이 부분은 내게도 와닿았다. 그러면서, 글은 '아름다워야 한다'라고 말을 덧붙였다. 이 대목에서 나는 순간 멈칫했다. 정말 글은 아름다워야만 할까? 내 생각은 다르다. 글이 아름답기만 해야 한다면 세상의 거친 현실을 담아야 할 글들은 어디로 가야 할까? 아름답지 않은 현실도 많은데, 굳이 수채화처럼 고운 글만 쓸 이유는 없지 않은가. 현실을 반영해 주는 글을 써야 한다. 라고 생각하는 나로서는 받아들여지지 않았다. 순간 질문을 던지고 싶었지만 그만두었다. '튀는 못이 못질 당한다.'라는 말도 있으니 강사를 난처하게 할 필요는 없겠지 싶었다.

강연이 끝날 즈음, '잡지'에 고정 작가로 임명된다는 발표가 있었다. 예고된 자리였다면 기쁘게 축하해 줬을 텐데, 막상 현장에서 수상자가 이미 정해져 있다는 걸 알게 되니, 나는 그저 들러리로 온 듯한 기분이었다. 다른 참가자들도 같은 마음이었는지, 순간 묘한 정적이 흘렀다. 이곳이 내게 어떤 기회를 줄까 기대했는데 결국 나는 낚시터의 물고기였던 것 같다.

강연을 마치고 점심으로 제공된 샌드위치를 먹으며 옆 사람과 몇 마디를 나누었다. 어디서 왔는지, 글은 어떻게 쓰는지에 대한 이야기들이었다. 글이란 매일 생각나는 대로 써야 한다는 내 생각을 전하니 그녀는 "아무래도 내가 잘못 온 것 같아요"라고 말했다. 이미 수준 있는 사람들 사이에서 자신이 부족하게 느껴진다고 말했다. 그 말에 나도 공감했다. 이미 인정받은 작가들을 위한 수상 자리였다. 마치 들러리 한 느낌이었다. 그 대화가 이상하게 나를 위로해 주었고, 그 덕분에 번화가인 서초동을 가 보았다. 토요일인 서초동은 직장인들이 없어서 그런지 사람도 차량도 보이지 않았다.

강의를 마치고 춘천으로 돌아가는 전철에서 생각에 잠겼다. "대중을 현혹하는 방법도 여러 가지구나!" 예견된 행사였다면 관계자들만 초대하면 되었을 것이다. 그럴듯한 마케팅으로 사람을 유혹한다. 그렇게 해서 개인의 정보를 이용하여 온갖 선전 광고문을 보내고 신청하지 않은 신문과 책을 보내기도 하였다. 어쩐지 그들의 수법에 속은 듯한 기분을 떨칠 수가 없었다. 이런 방법이야말로 고기 잡는 방법이구나 생각했다. 미끼를 구별하지 못하고 덥석 물어버리고 허탈한 긴 시간을 보내고 복잡한 전철을 타고 왔다.

달리던 전철이 갑자기 멈추고 승객들은 모두 하차하라는 방송이 나왔다. 조용히 대기하던 순간, 누군가 작게 투덜댔다. "지랄하고 있네." 그 말이 이상하게 위로가 되었다. 기다림 속에서도 속이 부글부글 끓어올랐지만 참고 있었는데, 그 한마디가 오히려 후련하게 들렸다. 누군가의 거친 욕설도 때로는 위로가 되었다. 이런 작은 목소리들이 우리의 마음을 표현하는 글이 아닐까.

좋은 글을 쓰려면 사람들 사이의 관계와 인연 속에서 나를 표현할 수 있어야 한다는 말이 기억에 남는다. 어느 한쪽의 가치만을 쫓기보다는 다양한 모습이 어우러져야 한다고, 그런 글을 쓰고 싶다.

나는 더 이상 미끼를 무는 물고기가 되지 않겠다. 대신 내가 직접 낚싯줄을 던지는 사람이 되어 내 글로 세상을 담아 보련다.

골목, 빵 가게가 사라지고 있다

한때 동네마다 하나씩 자리 잡고 있던 작은 빵집들이 점점 사라지고 있다. 그 자리는 대기업이 운영하는 프랜차이즈 빵집이 대신하고 있다. 프랑스에서는 바게트가 국민적인 주식이지만, 내 입맛에는 그다지 감칠맛이 없다. 밀가루, 물, 소금, 효모가 전부인 바게트는 담백하지만, 어딘가 퍽퍽하다. 그런데도 대기업이 만든 럭셔리한 빵집 간판은 마치 그 빵이 특별한 것처럼 보이게 만든다. 그런 화려함 뒤에는 동네의 작고 따뜻했던 빵집들이 하나둘 사라진 슬픈 현실이 있다.

대기업의 자본력은 소규모 자영업자가 감당하기 어려운 벽이다. 가격 경쟁력, 광고, 브랜드 파워까지…. 어느 것 하나 공정한 싸움이 아니다. 골목마다 친숙했던 작은 빵집 사장님들은 이제 더 이상 빵을 굽지 못한다. 그들이 잃은 것은 단순한 가게가 아니다. 빵집을 찾던 이웃들과의 정, 어제 남은 빵을 덤으로 주던 따뜻한 마음, 그리고 오랜 시간 쌓아온 삶의 터

전이 함께 무너졌다.

얼마 전, 예전에 자주 가던 빵집의 사장님을 길에서 마주쳤다. 빠른 걸음으로 어디론가 향하는 그녀를 불러 세웠다

"어디 가세요?"

잠시 멈춰 선 그녀는 쓸쓸한 미소를 지으며 답했다.

"호떡 장사하러 가는 길이에요." 그 음성에는 고단함이 스며있었다. 고소한 빵 냄새로 가득했던 그녀의 가게는 이제 없다. 대신 차가운 거리에서 호떡을 구우며 하루하루를 살아간다. 나는 당황했지만, 그녀의 표정은 이미 익숙한 체념이 배어 있었다. 그녀가 서둘러 떠나는 뒷모습을 보며 영화 〈바람과 함께 사라지다〉의 한 장면이 떠올랐다. 스칼렛 오하라는 전쟁으로 모든 것을 잃은 뒤, 무도회에 입고 갈 옷이 없어 커튼을 뜯어 드레스를 만든다. 어떤 상황에서도 포기하지 않겠다는 결연한 의지가 그녀의 눈빛에 서려 있었다.

그녀도 그러했다. 자영업 사장이었던 그녀는 이제 노점에서 추위와 맞서며 호떡을 판다. 무엇이 그녀를 거리로 내몰았을까? 대기업의 자본 논리 속에서 작은 빵집들은 속수무책으로 밀려났다. 그러나 이 과정에서 잃어버린 것은 단순한 경제적 손실이 아니다. 동네 빵집이 사라지면서 우리가 잃은 것은 정겨운 인사, 작은 인심, 그리고 서로를 돌보던 공동체의 온기

다.

대기업 프랜차이즈는 어제 남은 빵을 할인율을 붙여 다시 팔 뿐, 덤이라는 개념은 없다. 인간적인 따뜻함보다는 철저한 상업 논리가 그 자리를 대신했다. 이윤을 극대화하기 위한 시스템 속에서, 우리는 무엇을 잃고 있는 걸까?

거리에서 작은 생계를 이어가는 사람들을 자주 본다. 그들이 과연 무엇을 잘못했을까? 대기업과 소규모 자영업자 사이의 불균형은 개인의 노력만으로 극복할 수 있는 차원이 아니다. 정부의 적절한 개입이 필요하다. 무분별한 대기업의 골목 상권 침투를 제한하고, 소규모 자영업자가 생존할 수 있도록 보호하는 정책이 마련되어야 한다.

이제 그녀는 빵이 아니라 호떡을 굽는다. 그 많은 다양한 빵 기술은 쓸모없어졌다. 누군가 노점에서 장사한다고 관할서에 신고라도 하면 이리저리 장소를 옮겨 다니며 불안하게 살아야 한다. 길거리 장사마저도 여의치 않다. 신고가 있는 날은 공치는 날이 되고 만다. 이래도 저래도 밀려나는 것은 같다.

예전처럼 따뜻하고 정겨운 빵 굽는 냄새가 사라졌다. 우리는 모두 함께 살아가야 하는 사회 속에 있지만, 현실은 점점 더 차갑게 변해간다. 대기업은 자본을 위해 움직이지만, 사회는 인간적인 온기를 잃지 말아야 한다. 텅 빈 골목과 거리로 내몰린 사람들을 외면하지 않는, 함께 살아가는 사회를 만들기 위해 무엇을 해야 할지 고민해야 할 때다.

미스테리 공원 조각상

도심 한복판 사거리 공원에 남녀가 프러포즈하는 조각상이 있다. 세월에 퇴색된 그 모습이 눈에 거슬려, 버스를 타고 그곳을 지날 때마다 '언제쯤 저 두 사람에게 새 옷을 입혀 줄까?' 생각하게 된다. 관리 주체가 시청인지 동사무소인지 궁금하지만, 확인할 길이 없으니 그저 아쉬운 마음으로 지나치기만 한다.

처음 만들어졌을 때의 모습대로 새로 칠해졌으면, 그 생각이 머릿속을 맴돌다 어느새 사라진다. 관리되지 않은 조각상 때문에 공원마저 깨끗해 보이지 않는다. 오늘도 버스 안에서 그들을 스쳐보았다.

여자는 올백으로 머리를 단정히 올렸다. 오른손엔 빨간 핸드백을 들고 있다. 살짝 고개를 돌려 남자를 향하되, 시선은 빗겨 수줍은 표정을 짓고 있다. 복장은 7~80년대 다방 마담 같은 이미지, 파란 나팔바지에 빨간 카디건 차림이다. 원색을 좋아하는 그녀인가 보다. 통통한 체형이 정겹게 느껴진다.

남자 역시 통통하고 머리는 짧은 스포츠형. 배는 복어처럼 튀어나와 있고, 허리둘레가 만만치 않다. 옆구리에는 끈 달린 작은 가방을 끼고 있고, 한 손에는 꽃다발을 들고 있다. 사랑을 고백하려는 순간일까. 그의 떨리는 심장 소리가 들리는 듯하다. 그 남자의 모습은 왠지 모르게, 사채업자나 건달의 심부름꾼처럼 보이기도 한다. 수금 다니는 사람 같다는 생각이 머리를 스친다. 별생각 다 하며 그들의 사연을 상상해 본다. 결과는 어찌 되었을까? 행복했을까?

딸네 집으로 가는 길, 그곳을 또 지나가는데 퇴색한 조각상 앞에 낯선 노인이 사진을 찍고 있다. 수없이 지나쳤지만, 그 앞에서 사진을 찍는 사람은 처음 보았다. 퇴색된 조각상 앞에서 누구도 사진을 찍을 것 같지 않다. 우중충하기 때문이다. 그는 여인 쪽으로 다가갔다가 멀어지기를 반복하며 연신 셔터를 누른다. 초라한 모습의 그 남자는 조각상만큼이나 낡아 보인다. 혹시 그 여인이 그의 아내였던 건 아닐까? 이제는 혼자가 된 그가, 아내와의 옛날을 그리워하며 찾아온 건 아닐까. 물론 나만의 상상이지만, 왠지 그럴 것만 같다.

세 사람, 퇴색한 조각상 둘과 노인이 한 세트처럼 어울려 보였다. 바람에 날리는 그의 흰 머리카락은 민들레 씨앗처럼 가벼워 보였고, 카메라는 꽤 고급스러워 보였다. 카메라가 있는 것으로 볼 때 그는 방랑자처럼 사진을 찍으러 전국을 돌아다니지 않았을까? 늙은 나이에도 카메라를 들고 여기에 온 것을 보니 그는 작가였는지도 모르겠다. 직접 두 연인을 조각한 작가일까? 공원 한쪽에 내가 있었더라면 그의 이야기를 듣고 싶었을 것이다.

꽃이 피고 지듯, 우리의 몸도 세월을 거스르지 못하고 쇠해진다. 조각상도 마찬가지다. 페인트가 벗겨지고 색이 바랜 두 사람에게 새 옷을 입혀 주고 싶다. 더 세련되고 외모가 출중한 모델이었다면 더 많은 관심을 받았겠지만, 나는 이 두 사람이 좋다. 날씬하지 않아서 좋고 건강해 보여서 좋다. 성격도 소탈할 것 같다. 무엇이든 가리지 않고 맛있게 먹을 것 같다. 복스런 이미지이다. 마치 우리 이웃 같고, 정겹다. 나의 하소연을 그녀에게 말해도 빙긋이 웃으며 조용히 들어줄 것 같다.

남자는 수금 가방이 소중한지 꼭 끌어안고 있다. 가방은 불룩하다. 정말 수금이 끝난 시간인 걸까. 별별 상상을 하며 공원을 지나친다. 두 사람이 한집에 산다면 경제적 빈곤은 없을 것 같다. 부부들의 다툼 원인은 경제적인 문제가 주원인이라고 한다. 그런 걱정은 하지 않아도 될 것이다.

세월을 비켜 갈 수 없는 노인, 색이 바랜 조각상, 그리고 사진기 하나 들고 조심스레 다가가는 그의 모습. 셋이 참 누추하고 또 안쓰럽다. 조각상 주위에는 봄이면 예쁜 팬지가 피어 그 초라함을 덜어주고 있지만, 스산한 가을바람 속에선 낙엽마저 그들을 후려치듯 날아간다. 새들이 어디선가 날아와 그들의 머리 위에서 쉬어간다. 두 사람은 그들을 쫓아내지도, 겁주지도 않는다. 그냥 그렇게, 가만히 서 있을 뿐이다.

개인적인 생각이지만, 나는 공원에 조형물이 있는 것을 썩 좋아하지 않는다. 자연 속에서 사라져 가는 것이 더 아름답다고 믿는다. 썩지도 않고 관리도 안 되는 조형물은 자연과 조화를 이루지 못하고 어딘가 어색해 보인다. 시민들은 그 퇴색을 보고 있는데, 정작 관리자는 보지 못하는 걸까? 그 자리에 예쁜 나무 두 그루를 심으면 어떨까. 언젠가 그런 날이 오면, 공원은 더 많은 사람들이 찾아올 것이다. 두 그루의 나무는 두 연인을 대신해 줄 것이고 살아 있는 생명으로 탄생할 것이라고 상상해 본다.

그녀가 내게로 왔다

"사람이 내게로 온다는 것은 어마어마한 큰일이다."라는 시의 구절이 떠오른다. 한 사람이 내게로 왔다. 그녀의 인생 전체가 나를 향해 오는 것이라는 깨달음이 가슴 깊이 파고든다. 그녀의 삶의 여정은 어땠을까?

나는 책 속에서의 사람을 더 많이 만났다. 그러나 그녀가 내게 오면서, 사람의 소중함을 다시금 깨닫게 된다. 먼 길을 불편한 몸을 이끌고 왔다. 자신의 삶을 힘겹게 짊어진 채 나를 만나러 온 그녀. 그 자체가 감동이었다.

예측할 수 없는 소나기가 수시로 내리던 한여름, 그녀의 전화를 받았다. "보고 싶다." 짧지만 깊이 있는 말이었다. 긴 머리는 물미역처럼 윤기가 흘렀고, 여름 모자를 멋지게 눌러쓰고 있었다. 비에 젖어도 끄떡없는 물방울 비옷과 여름 앵클부츠까지—우아함과 품위가 느껴졌다. 아픈 몸을 이끌고 내가 보고 싶어 찾아왔다니, 이보다 더 깊은 말이 있을까.

그녀가 내게 왔다는 것은 단순한 만남이 아니었다. 우울증을 앓고 있는 그녀에게는 큰 용기가 필요한 일이었을 것이다. 나는 과연 그녀에게 위로가 될 수 있을까? 그녀를 맞이할 마음의 준비를 했다. 어떤 사연을 지고 왔을까, 어떤 변화가 있었을까. 나는 그녀에게 의지가 되어줄 수 있는 사람일까?

그녀는 도로 난간에 앉아서 나를 기다리며 와인과 과일을 들고 있었다. 그녀는 내가 오는 방향으로 보고 있었다. 마치 빛을 향해 바라보는 해바라기 같았다. 그녀는 씩씩하게 삶을 견뎌냈지만, 결혼의 실패는 그녀를 깊은 수렁으로 밀어 넣었다. 가족의 사랑을 듬뿍 받으며 자란 막내딸이었지만, 거친 세상에서 살아남기 위해 홀로 견뎌야 했다.

가정을 돌보지 않는 남편과의 결혼 생활 끝에 아들과 함께 독립했다. 그러나 그 선택이 쉽지만은 않았다. 가시밭길을 헤치며 씩씩하게 버티어 왔다. 오로지 아들만을 바라보며 살아온 세월. 자신을 돌볼 여지없이 쉼 없이 일했다. 그녀는 마치 결승선을 통과한 육상 선수처럼 탈진한 상태가 되었다. 그리고 그 끝에 다시 우울증이 그녀를 덮쳤다. 그 깊은 병은 마냥 수렁에 빠져드는 것처럼 보였고 병원 가는 일이 일상이 되었다. 그런 그녀가 내게로 온 것이다.

그녀에게 따뜻한 보양식을 대접하고, 분위기 좋은 카페에서

차를 마시고 싶었다. 하지만 그녀는 춘천에 왔으니, 닭갈비를 먹자고 했다. 그 말이 나의 고민을 덜어주었다. 함께 식사했지만, 그녀는 여전히 조용했고, 자신보다 우리를 챙겼다. 감자전은 피자보다 더 맛있었다.

찻집으로 자리를 옮겼다. 그녀는 자신의 이야기를 많이 하지 않았다. 타인의 이야기를 하며 자신의 아픔을 감추는 듯했다. 대중교통 이용조차 어려워했던 그녀가 큰 용기를 내 찾아왔지만, 그녀는 오로지 나의 근황만 물었다. 나는 어떤 말도 쉽게 건넬 수 없었다. 어쩌면 그녀에게 가장 필요한 위로는 조용히 곁을 지켜주는 것인지도 모른다. 마치 '나의 라임 오렌지 나무'에서 제제에게 말 없는 나무가 위로되었던 것처럼.

그녀는 조용한 성격이지만, 듣는 습관이 남달랐다. 부드러운 말씨는 사람을 끌어당기는 힘이 있었다. 사람 사이의 관계가 나빠지는 것은 말의 어투 때문이라는데, 그녀는 교양 있고 따뜻한 사람이다. 나는 그녀의 조용하고 부드러운 태도를 닮고 싶었다. 그녀의 모습에서 배울 점이 많았다.

그녀는 오랫동안 우울증을 앓아 왔고, 밥보다 약을 더 많이 먹는다. "세상에서 가장 맛있는 건 커피믹스." 그녀는 그렇게 말하며, 한 잔에 여러 개의 커피믹스를 털어 넣었다. 건강을 해치는 모습이 안타까웠다. 불규칙한 식사는 비만을 불렀고, 그로 인해 그녀의 삶은 더욱 무력해졌다. 그녀는 젊은 시절, 미국 배우 비비안처럼 날씬했다며 초미니 원피스를 입은 사진을 보여주었다. 이제는 세월이 흘러 그 모습을 유지하기 어렵다는 사실이 그녀를 슬프게 만들었다. 가족의 분열이 그녀의 삶에 깊은 흔적을 남겼다.

그녀는 나를 만나고, 그 이후로 연락이 끊겼다. 문자도, 전화도 없었다. 마치 그녀의 방문이 이별의 전조였던 것처럼. 도무지 알 수 없는 캄캄함 속에서 여전히 그녀의 소식을 기다리고 있다.

그녀가 내게로 왔듯이, 나도 나의 인생을 지고 그녀에게로 가야 하는데….

어디서 들어본 목소리

봄바람에 쑥 향기가 스며든다. 단군 신화가 떠오른다. 곰이 쑥과 마늘을 백일 동안 먹고 사람이 되었다지. 그 시절에도 곰은 이미 쑥의 효능을 알고 있었던 걸까?

여인 셋이 강가에서 쑥을 뜯고 있다. 마치 박수근 그림 속 '나물 뜯는 소녀들' 같다. 소녀는 아니지만, 중년의 여인들은 정겹고 따스하다. 그 시절 짧은 저고리와 치마를 입었다면, 뒷모습으로 겨드랑이까지 훤히 보였을 테지. 봄바람은 산들산들, 그녀들의 옷 속과 마음속을 동시에 간질일 것이다.

그녀들이 지나간 자리에 쑥 향기가 바람을 타고 은은하게 퍼진다. 그 향에 취하고 싶어 숨을 길게 들이켰다. 그 진한 쑥의 향기는 거부감이 없다. 그녀들의 손길이 머문 자리마다 쑥은 조용히 눕고, 쑥의 뒷면은 그녀들의 뒷모습처럼 차분하다. 쑥 뜯는 여인에게 말을 걸었다.

"쑥이 참 좋네요. 지금이 딱 알맞은 시기 같아요. 쑥떡 해 먹으면 정말 좋겠어요."

그녀가 고개를 들고 활짝 웃는다.

"쑥떡, 참 좋죠. 냉동실에 넣어 두면 오래 먹을 수 있어요. 아침엔 쑥떡 하나면 한 끼 식사로도 충분하고요."

그녀의 웃음 속에는 소소한 행복이 배어 있다. 만약 그녀들이 내 말을 외면했다면, 나는 괜히 마음이 상했을지도 모른다. 하지만 그녀들은 내 말에 친절하고 다정했다. 그저 스치는 인사였지만, 그 따뜻함이 오래 남는다. 그녀들의 마음 씀씀이는 쑥처럼 푸르고 정겹다.

"그럼요, 쑥이 몸에 좋다잖아요."

그녀들은 바구니 대신 질긴 파란 비닐봉지에 쑥을 반쯤 담았다.

"많이 뜯고 가세요." 인사를 남기고 다시 산책길을 걷는다. 등 뒤로 그녀들의 속삭임이 들린다.

"어디서 들어본 목소리 같지 않니?"

"그러게, 귀에 익은 목소리야."

나는 그녀들을 어디서 만났었나 생각에 잠긴다. 아무리 기억을 되짚어도 떠오르지 않는다. 그녀들은 어디서 내 목소리를 들었을까? 이상하게도 마음에 걸렸다.

목소리에도 성격이 담긴다고 한다. 기업에서는 면접자의 목소리를 분석해 성실성, 리더십, 협업 능력을 예측하기도 한단다. 목소리는 감정을 드러낸다. 행복한 사람은 밝고 경쾌한 톤을 내고, 스트레스를 받은 사람은 말이 빠르고 자주 끊긴다고 한다.

나는 소프라노보다 알토의 목소리를 더 좋아한다. 저음은 안정감이 있다. 간드러진 애교 섞인 목소리는 어딘가 가볍고 신뢰가 덜 가는 느낌이라 선호하지 않는다. 사극에서 듣는 이방인들의 염소 우는 듯한 목소리는 특히 낯설다. 남성이 그런 목소리를 가졌다면, 나는 아마 쉽게 말을 붙이기 어려웠을 것이다. 목소리에도 품위와 우아함이 묻어난다.

산책을 하며 멀어지는 그녀들의 음성을 되새긴다. 어디서 들어봤던 걸까? 혹시 성당에서? 나는 한 달에 몇 번 독서를 한다. 내 목소리를 성당 교우들이 기억하고 있었던 걸까? 나는 모른다. 하지만 그들은 알 수도 있는 일이다.

쑥 향기가 멀어지고, 쑥으로 만들 수 있는 음식들이 떠오른다. 쑥된장국, 쑥버무리, 쑥절편, 쑥인절미…생각보다 많지 않다. 오히려 쑥은 음식보다 약으로 더 많이 쓰였던 것 같다. 특히 여성들에게 좋은 약재로 알려져 있다. 자궁출혈, 복통, 월경 과다에 좋고, 비타민 A와 C가 풍부해 면역력에도 도움이 된다고 한다. 따뜻한 성질 덕에 몸을 보하는 효과도 있다.

무엇보다 쑥의 질긴 생명력은 우리 민족과 닮았다. 햇빛과 바람, 흙만 있다면 어디서든 뿌리내린다. 120년 전, 하와이로 건너간 이민자들처럼. 척박한 땅에서도 살아남았고, 시베리아의 혹한도 견뎌낸 사람들. 쑥의 끈질긴 생명력은 바로 그들, 우리와 닮았다. 배고픈 시대에 먹었던 쑥은 여전히 우리의 곁에서 옛 추억을 만들어준다.

농사짓는 밭에서 쑥이 퍼지면, 밭작물을 헤치기도 하여 제초제를 사용하여 제거하려 해도 그들의 질긴 생명력은 감당 안 된다. 그런 쑥처럼, 우리도 모질게 버텨냈다. 지금은 먹거리가 넘쳐나는 시대지만, 사람들은 여전히 쑥을 사랑한다. 질기고 따뜻한 그 생명력 때문일까. 나도 쑥을 뜯으러 들판으로 나가봐야겠다. 어쩌면, 누군가가 또 "어디서 들어본 목소리 같다."라고 말할지도 모르니까.

진정한 글의 힘

"하루라도 글을 읽지 않으면 입안에 가시가 돋는다."

안중근 의사의 이 말처럼, 나 역시 글을 읽고 쓰는 일을 삶의 일부처럼 이어가고 있다. 독서와 글쓰기는 나의 좋은 벗이다. 아무리 많은 감정을 쏟아내도 비밀이 새어 나갈 걱정이 없고, 언제든 찾아가도 무례하다 하지 않는다. 늘 조용히 기다려주는 친구. 나는 종종 이 벗에게 화를 내고, 푸념을 쏟아 놓기도 한다. 기분이 좋은 날보다, 마음이 힘든 날 이 친구를 더 자주 찾는다. 어쩌면 백지는 이미 내 감정의 얼룩으로 멍이 들었을지도 모르겠다.

"너의 푸념에 나는 지쳐가는구나."

만약 글이 말을 할 수 있다면 이렇게 말하지 않을까. 누군가 내게 와서 매번 투정만 늘어놓는다면, 나는 끝까지 들어줄 수 있었을까? 오히려 상처를 덧입히고 이차적 상처를 주고 받지는 않았을까? 그런 생각을 하면, 늘 말없이 나를 품어주는 너의 넓고 깊은 마음이 고맙기만 하다. 나의 벗, 나의 천사 같은 하얀 백지야.

사람과의 대화는 때론 피곤하다. 말을 쏟아내고 나면 실수하지는 않았는지, 누군가에게 상처가 되지는 않았는지 곱씹게 된다. 특히 원하지 않은 말실수를 한 날이면 밤새 뒤척이며 후회하게 된다. 그런 날, 글쓰기는 나를 구원한다. 아무런 판단도 하지 않고, 내 감정을 조용히 받아 주는 친구와 마주 앉는 느낌. 가끔은 예전에 썼던 글을 다시 꺼내 읽는다. 부끄러운 문장도 있고, 철없던 생각도 있지만, 그것마저도 다 품어준 백지가 고맙다.

사람은 관계 속에서 상처를 주고받기도 하지만, 그 안에서 내면의 성장이 일어난다. 나처럼 대인관계에 서툰 사람은 내적 성장이 먼저이다. 늘 어리석고 실수를 반복하는 자신을 발견할 때가 많다. 실수를 반복하지 않으려고 책과 글 속으로 숨어 버리는지도 모르겠다. 어떤 작가는 이렇게 말했다. "책 읽는 인간이 고급 인간이다."라고 했지만, 과연 내가 고급스런 사람인가? 심리적 세련미가 있는 사람인가를 생각해 본다. "책을 한 권도 읽지 않은 사람보다 한 권의 책을 읽었다는 사람이 더 무섭다."라고 한다. 그 말은 무엇을 뜻하는가? 오만일 것이다.

돌아보면 내 글은 푸념과 신세 한탄이 대부분이었다. 이제는 그런 글을 넘어서고 싶다. 한 시대를 비추는 글, 오래도록 남는 글을 쓰고 싶다.

내가 가장 존경하는 수필가 찰스 램. 그는 부정적인 사회와 삶의 단면을 긍정의 시선으로 그려냈다. 200년이 지난 지금도 그의 글은 살아 숨 쉰다. 『굴뚝 청소부 예찬』, 『돼지구이를 논함』 같은 수필 속엔 아픔과 연민, 따뜻한 시선이 녹아 있다. 특히 「오늘날의 신사도」에서 그는 이렇게 말했다.

"예전에는 말 위에 올라탄 사람이 신사였지만, 지금은 말에서 내려 한 노파를 위해 길을 비켜주는 사람이 진짜 신사다." 그는 진정한 품격이란 겉모습이나 지위가 아니라, 타인을 위한 작은 배려에서 비롯된다고 믿었다. 나는 그의 이 한 문장에서 시대를 초월하는 감동을 느낀다. 그런 시선을 나도 본받고 싶다. 사람을 판단하지 않고, 삶을 따뜻하게 바라보는 글. 누군가의 마음 한 켠에 오래 머무는 글을 나도 쓰고 싶다.

글은 한 사람의 인격과 철학을 담는다. 수백 년이 지나도 그 시대를 엿보게 하는 글. 그것이 진정한 글의 힘이 아닐까. 나 또한 그런 글을 쓰고 싶다. 계층과 상황을 가리지 않고 누구나 공감할 수 있는 글, 오래도록 독자들의 곁에 머무는 글. 글은 곧 그 사람이라고 하지 않는가. 그러니 글쓰기는 나의 벗이며, 곧 나의 얼굴이다.

말 없는 벗은 언제나 나를 위로해 준다. 실수해도 나를 비난하지 않고, 투정을 받아 주며, 끝내는 다시 나를 일으켜 세운다. 찰스 램처럼, 나도 언젠가 백지 위에 내 시대를 기록하는 글로 누군가의 벗이 되고 싶다.

자기 관리도 자신을 사랑하는 방법이에요

조그만 옷 가게 앞을 지나는데, 쇼윈도에 '세일'이라는 문구가 눈에 띄었다. 마음에 드는 옷이 하나 보였다. 물론 마네킹처럼 마른 체형의 여성이 입어야 어울릴 법한 옷이었지만, 그럼에도 언감생심 바라보고 있는데, 남편이 툭 내뱉는다.

"어! 구두 뒷굽이 떨어지려고 하네."

그제야 남편의 발을 내려다보니 구두 뒷굽이 금방이라도 떨어질 듯 위태로웠다. 창피한 마음에 괜히 주위를 둘러보며 서둘러 걸었다. 덜렁거리는 구두 굽이 언제 떨어질지 몰라 조마조마했다. 주차장까지 무사히 가기만을 바라며 걸음을 재촉했다. 나는 속으로 생각했다. 백화점에서 구두를 하나 사 신었으면 좋았을 것을, 떨어질 것 같은 구두를 신고 주차장까지 가는지. 참으로 아둔하다. 이게 뭔가. 썩은 동아줄을 붙잡고 있는 기분이랄까.

수도자보다 더 검소한 남편의 생활 방식이 때때로 답답하고 짜증스럽기까지 하다. 예전에 내가 옷을 사다 주면, "왜 내 옷을 당신이 사?"라며 괜한 다툼이 벌어지기도 했다.

"자기 관리도 자신을 사랑하는 방법이에요,"

"출근할 데도 없는데 뭘 그렇게 신경 써? 대충 입고 다니면 되지." 남편은 이렇게 말했다. 적절한 자기 관리는 자기를 사랑하는 것도 되지만 타인의 시선도 외면할 수 없다. 모든 게 적절성을 유지할 수 있다면 얼마나 좋을지, 모자라지도 말고 넘치지도 않는 적절함은 사회생활에서 매너이며 배려일 것으로 생각한다. 또한 오늘 같은 당황스러운 일을 겪지 않아도 되니 좋지 아니한가?

무엇이든 떨어지면 꿰매 입고, 구두는 본드로 붙여 다시 신는 사람. 절약이 몸에 밴 그 앞에서는 나도 모르게 소비에 주눅이 들곤 한다. 부부는 닮는다. 나 역시 쇼핑에 별 흥미가 없다. 꼭 필요한 것도 깜빡 잊고 빈손으로 집에 오는 일도 다반사다.

그런데 오늘은 그런 그의 검소함이 유난히 초라하고 안쓰럽게 느껴졌다. 문득 윤흥길 작가의 『아홉 켤레의 구두로 남은 사내』가 떠올랐다. 셋방을 전전하면서도 구두만은 아홉 켤레나 있었던 그 남자, 반면 내 남편은 지금껏 열 켤레도 신어 보지 못했을 것이다. 하나 사면 오래 신었고, 해지면 수선해서 다시 신었다. 강력 본드를 발라가며 신발을 살리는 그 모습이 안쓰럽기도 하고 슬프기도 하다. 남편은 내 속마음을 안다. 그럴 때마다 그는 이렇게 말한다.

"영국 신사들은 양복 한 벌을 40~50년을 입고, 팔꿈치가 해지면 덧대어 꿰매어서 입어. 절약이 미덕이야." 물론 그의 말이 틀린 건 아니다. 분수에 맞지 않는 소비보다 절약은 옳은 일이다. 하지만 자린고비처럼 굴비 하나 천장에 매달아 두고 밥 한 숟가락 뜰 때마다 한 번씩 쳐다보는 삶은 피하고 싶다. 적당한 소비는 삶의 기쁨이기도 하다. 자신을 사랑하는 사람이 타인을 사랑할 수 있다는 말처럼.

나는 이번 기회에 부족한 옷도 챙기고, 남편 구두도 새로 사자고 말했다. 그동안 구두에 관심을 두지 않았던 것이 미안해졌다.

집에 돌아와 남편이 좋아하는 매운탕을 끓였다. 밥을 짓고 있는데 남편은 강력 본드를 찾아 구두 굽을 붙이며 햇볕 드는 쪽에 생선 말리듯 세워 두었다. 본드만으로는 해결이 안 될 텐데, 발에 익숙한 헌 구두가 더 좋은 모양이다.

"그 사람의 신발을 신고 1마일을 걸어보기 전에는 그를 비판하지 말라."는 인디언 속담이 있다. 남편은 새 구두가 불편하다는 핑계를 댄다. 신발 하나 사는 일에 이렇게까지 설득을 해야 하나, 피로감이 몰려왔다.

　며칠 후, 그 낡은 구두는 결국 쓰레기통에 버려졌다. 물구나무선 채 처박혀 있는 모습을 보니 마음이 짠했다. 본드가 제대로 붙지 않았거나, 나의 잔소리가 결정타였을지도 모른다. 얼마나 고민하다가 버렸을까. 소중한 물건처럼 끌어안고 실랑이를 벌였던 그 구두가 그렇게 사라졌다.

　신발장에도, 옷장에도 내 물건이 훨씬 많다. 남편의 구두는 겨우 세 켤레. 꼭 필요한 것조차 사는 데 의견충돌이 일어나는 우리 부부. 오랜만에 구두 가게에 가서 가격표를 보니 생각보다 비싸 깜짝 놀랐다. 태연한 척했지만, 남편은 나보다 더 놀란 얼굴이었다. 창밖을 멍하니 바라보며 딴청을 피우던 남편, 몇 년 만에 구두를 사니 그럴 만도 하다. 세상 물정에 어두운 우리 부부, 결국 제법 큰 돈을 들여 구두를 샀다.

　생각해 보면 남편의 검소함 덕분에 빚지지 않고 살아온 것일지도 모르겠다. 그 절제된 삶이, 꼭 필요한 가치라는 생각도 든다. 현대 사회는 지나친 소비로 몸살을 앓고 있다. 클릭 한 번이면 제트기처럼 물건이 달려오는 세상. 소비는 점점 가볍고 빠르게, 버리는 문화는 더욱 심각해지고 있다. 환경오염과 쓰레기 문제는 어느새 우리 삶의 그림자가 되었다.

　"소비자는 왕이다."라는 말처럼 소비가 부추겨지고, 우리는 그 속에서 진짜 필요한 것과 구별하여 살아가야겠다고 생각한다. 남편의 검소함은 단순한 절약 그 이상일지도 모르겠다. 구두 하나를 오래 신는 습관이 결국은 지구를 아끼는 일이 될 수도 있으니 말이다. 남편의 새 구두는 성당에 갈 때만 꺼내 신는다. 아마도 그 구두는 남편과 평생을 함께할지도 모르겠다.

농산물 판매의 어려움

농수산물은 주로 도시에서 소비되는데, 팬데믹 시기에 대면 접촉이 제한되면서 자영업자들의 식당 운영이 어려워진 것은 당연한 일이었다. 이는 농어민들에게도 직격탄이 되었다. 경제적 고통과 더불어 정신적인 스트레스도 커져만 갔다. 사람은 사람을 통해 도움을 주고받는 존재인데, 거리 두기와 모임 제한으로 인해 우울증을 겪는 이들도 많아졌다. 혼자서도 잘 지내는 사람들은 큰 영향을 받지 않았겠지만, 외향적인 성향을 보인 사람들은 인간관계 단절에서 오는 고립감을 크게 느꼈을 것이다.

코로나는 언제쯤 완전히 사라질까? 이제는 코로나의 공존을 받아들여야 한다는 말이 현실이 되어버렸다. 농민들과 어민들은 판로 확보에 어려움을 겪고 있다. 마트에서는 농수산물 세일이 연일 이어지고 있다. 이러다 보니 인맥을 활용해 판매할 수밖에, 인적 네트워크를 통해서 판매하는 경우가 많아졌다. 나 역시 고구마와 들깨를 생산했지만, 지인을 통해서 겨우 판매할 수 있었다. 이처럼 농산물을 팔기 위해 인적 네트워크를 총동원해야 하는 현실은 농민들에게 큰 부담으로 작용한다.

판매가 어려워지면서 농산물을 폐기해야 하는 상황도 발생하고 있다. 김장철에 폐기되는 배추밭을 보며 참담한 마음이 들었다. 힘겹게 키운 농작물이 헛수고로 돌아가는 모습을 보는 것은 너무나도 가슴 아픈 일이다. 농민들은 농자재와 각종 약제 구입 등으로 큰 비용을 지출하지만, 수확한 농산물의 가격이 폭락하면 선 지출한 비용조차 회수하지 못하고 오히려 빚을 지게 된다. 심한 경우, 농협 대출을 갚지 못해 토지가 경매로 넘어가는 일도 발생한다.

알고 보니 본인의 땅에서 농사를 짓는 농민보다 소작농이 훨씬 많았다. 이는 농촌의 현실이기도 하다. 코로나는 자영업자뿐만 아니라 농어촌까지도 큰 타격을 주었다. 애써 생산한 농작물이 제값을 받지 못하고 갈아 엎어지는 현실을 보면, 농민들의 노력이 외면받고 있음을 알 수 있었다.

정부는 농어민들이 생산한 농수산물에 대한 판매를 보장해 준다면 안심하고 생산에만 집중할 수 있을 것으로 생각해 보았다. 현재 가장 큰 문제는 판매이며, 제값을 받는 것이 어렵다는 점이다. 판매 보장과 가격이 안정된다면 농어촌도 삶의 여유를 누릴 수 있을 것이다. 그렇게 된다면 농어촌 인구도 감소하지 않을 것이고, 도시로 몰리는 현상도 없을 것이다.

우리 부부도 한 해 '서리태콩'을 수확했지만, 농협이 시중 도매상보다도 낮은 가격을 책정했다. 이에 화가 난 남편은 직접 소비자들에게 판매했고, 서울에 사는 동서가 적극적으로 도와주면서 겨우 판매할 수 있었다. 이 자리를 빌려 동서에게 고맙다고 말하고 싶다. '동서 고마웠어. 그리고 미안했어.' 그렇게 인맥을 통해서 판매가 가능했다. 농사를 짓기도 힘든 일인데 직접 판매한다는 것은 쉽지 않은 일이다. 농협이 농산물을 적극적으로 나서서 판매 보장을 해주어야 농민들의 고민이 해결되는 것이다.

농민이 농협을 위해 존재하는 듯한 현실이 씁쓸하다. 농민들의 삶은 고민이 깊어 가는데, 농협의 건물과 마트는 점점 늘어나고 있다. 봄이면 농자재 창고에는 각종 농자재가 산더미처럼 쌓여 있어도 농자재 판매 고민은 하지 않아도 된다. 봄철이면 농민들은 필요한 농자재를 살 수밖에 없다. 농사짓는 일이 농민의 고된 땀으로 생산되는 것이 아니라는 것을 농사를 지어 보면 알 수 있다.

먹거리는 인간에게 필수적인 요소다. 농민이 농사를 짓지 않으면 모든 이들에게 생명의 위협이 되는 일이다. 누구보다 농민들의 소중함을 깊이 생각했으면 좋겠다.

어느 해는 고구마 농사를 했다. 단순한 고구마 농사인 줄 알았는데 이 또한 가볍게 생각할 게 아니라는 것을 알았다. 하루 일을 마치고 고구마가 내 입으로 오기까지 몇 단계를 거치는가를 헤아려 보았다. 몇십 번의 사람의 손길이 필요하다는 것을 알 수 있었다.

쌀밥이 우리 몸으로 오기까지 농민의 손이 88번의 손길이 필요하다는 말도 들었다. 수많은 고된 일과 정성이 만들어 낸 양식이다. 나는 농산물을 보면 농민들의 수고가 먼저 떠오른다. 상품으로 내놓기까지 그들의 수고가 보이기 때문이다. 그들의 수고는 보장되어야 하고 존중되어야 마땅하다고 생각한다. 농민이 농사를 짓지 않으면 우리의 먹거리를 누가 제공할 수 있겠는가. 돈만 있으면 다 살 수 있다고 생각하겠지만 물건이 없으면 구매할 수 없다.

농촌과 도시가 상생하는 정책이 이루어진다면 도시의 실업자도 농촌으로 이주하지 않을까 싶다. 영화 '기생충'에서, 돈과 권력이 없는 사람들은 도시에서 하층민으로 살아갈 수밖에 없다. 그러나 농촌에서의 삶이 보장된다면 이야기가 달라진다. 지금 농촌에는 빈집이 늘어나고 있고, 젊은이들을 찾아

보기가 어렵다. 경로당에 모인 어르신들만이 함께 밥을 지으며 공동체를 이루고 있을 뿐이다.

편의점 아르바이트를 전전하는 것보다, 직접 농사를 짓고 자신의 삶을 주도하는 것이 자존감을 높이는 길이 아닐까? 젊은이들이 돌아올 수 있도록 농어민들의 판매 보장과 생활 보조비가 필요하다.

독서란 훌륭한 사람들과의 교류

독서는 시간을 초월한 대화다. 책을 통해 시대를 넘나들며 훌륭한 사람들과 교류하는 것과 같다. 추운 날씨 탓에 바깥 활동이 줄어들면서, 자연스레 도서관을 찾거나 집에서 책을 읽는 시간이 많아졌다. 가을보다 겨울에 도서관에서 책 보는 것이 유리하고 경제적이다. 도서관은 난방시스템이 잘 되어 있어 그만이다. 추운 날씨는 외출도 즐겁지 않다. 도서관이 제격이다.

토머스 제퍼슨이 "나는 책 없이는 살 수 없다"라고 말했듯, 나 또한 책이 없었다면 허전함 속에서 방황했을 것이다. 책은 마음을 풍요롭게 할 뿐만 아니라, 때로는 인생의 길을 밝혀주는 등대와 같다.

사람은 살면서 모든 경험을 직접 할 수 없다. 그러나 독서를 통해 우리는 성공의 지혜를 배우고, 실패의 교훈을 얻으며, 다양한 삶을 간접적으로 경험한다. 특히 누군가에게 감명 깊은 책을 추천받거나, 반대로 좋은 책을 권할 때의 기쁨은 그 무엇과도 비교할 수 없다. 한 권의 책 속에는 단순한 이야기 이상의 가치가 담겨 있으며, 이를 건넨 사람의 정서와 마음까지 전해지기 때문이다.

르네 데카르트는 "좋은 책을 읽는 것은 지난 세기의 가장 훌륭한 사람들과 대화하는 것과 같다."라고 했다. 나 역시 그 말에 깊이 공감하며, 특히 톨스토이, 투르게네프, 도스토옙스키라는 러시아 대문호들과의 문학적 만남에서 큰 깨달음을 얻었다. 이들은 19세기 러시아 농노제도의 모순을 작품 속에 녹여내며, 사회적 사명감을 실천했다. 당시 러시아 인구 6,700만 명 중 4,000만 명이 농노였을 정도로, 그들의 삶은 가혹하고 절망적이었다. 이는 조선 시대 인구의 40%가 노비였던 현실과도 유사하다. 러시아 농노들은 극심한 착취 속에서 교육의 기회조차 박탈당한 채 무지와 순응 속에 살아갔다. 이에 대한 의문이 자연스레 떠올랐다. 왜 그들은 현실을 그대로 받아들였으며, 더 나은 삶을 위해 저항하지 않았을까? 교육의 부재가 농노들의 순종적 태도를 더욱 강화한 것은 아닐까?

이러한 물음에 답하고자 톨스토이는 직접 학교를 세우고, 자신이 가진 것을 나누며 농노들의 계몽에 힘썼다. 그의 행동은 단순한 동정이 아니라, 실질적인 변화를 만들어 내기 위한 실천이었다.

　이반 투르게네프 또한 부모 대대로 내려오던 농노들을 해방시켰다. 그의 대표작『사냥꾼의 수기』는 알렉산드르 2세에게 깊은 영향을 주었고, 결국 러시아 농노 해방령을 이끌어 내는데, 중요한 역할을 했다. 소설 속에서 그는 농노들이 처한 비참한 현실을 세밀하게 묘사하며, 사회의 부조리를 고발했다. 그의 글은 단순한 문학을 넘어, 시대를 움직이는 힘을 가졌다.

　도스토옙스키 역시 소설을 통해 러시아 농노들의 참담한 현실을 적나라하게 드러냈다. 특히『카라마조프가의 형제들』은 인간 심리를 깊이 파고든 작품으로, 그의 통찰력에 감탄하지 않을 수 없다. 심리학을 전공하지 않은 그가 인간 내면을 이토록 정교하게 그려낼 수 있었다는 사실은 경이롭기까지 하다.

　『사냥꾼의 수기』를 읽으며 농노들의 삶에 대해 더욱 깊이 생각하게 되었다. 그들은 지주뿐만 아니라, 지주의 눈에 들기 위해 온갖 아부와 기만을 일삼는 관리자들에게도 시달려야 했다. 농노들은 생사의 결정권을 그들 손에 맡긴 채 살아야 했다.

　도스토옙스키의 아버지가 농노들에게 살해당했다는 사실은 그들이 처한 현실이 얼마나 극단적인 분노와 절망 속에 있었는지를 방증한다. 투르게네프의 어머니 또한 반항하는 농노들을 가혹하게 처벌하고, 시베리아로 유배시키기도 했다. 만약 내가 그 시대에 태어났다면 저항할 수 있었을까? 어쩌면 나 역시 순응하며 살아갈 수밖에 없었을지도 모른다. 그 시대를 직접 겪지 않은 것이 오히려 다행스럽게 느껴질 정도다.

러시아의 대문호들이 남긴 글이 농노 해방에 기여했다는 사실은 큰 감동을 준다. 그들의 문학적 노력과 사회적 실천이 없었다면, 얼마나 많은 사람들이 어둠 속에서 벗어나지 못했을까. 책을 통해 그들과 대화하며, 나 역시 현실을 바꾸는 글의 힘을 새삼 깨닫게 된다. 독서는 단순한 지식 습득이 아니다. 그것은 시대를 초월한 대화이며, 세상을 변화시키는 조용한 혁명이다.

멋진 남자와 데이트를 했다

오늘 멋진 남자와 데이트했다. 그는 1907년생, 올해로 116세가 되었다. 나이를 떠나 상상조차 할 수 없는 특별한 인물이다. 문학을 사랑하고 책을 가까이하며 멋을 아는 그는 그 자체로 매력적이다. 문학을 하는 사람은 성별이나 나이는 중요하지 않다. 깔끔하고 세련된 데다 여성에 대한 배려와 존중까지 갖춘 사람이라면 누구나 반할 것이다. 그의 아내는 행복했을지 묻고 싶다.

시대를 초월한 멋진 그 남자는 바로 이효석 작가다. 일제 강점기의 혼란 속에서도 그는 남다른 품격과 매력을 지닌 사람이었다고 한다. 서구적인 외모, 큰 키와 뚜렷한 이목구비, 세련된 패션 감각까지. 중절모에 신사복을 입은 모습은 그를 영화 속 주인공처럼 보이게 했다. 그는 멋을 아는 멋쟁이 신사였음이 틀림없다. 그는 타인을 의식하여 멋을 부렸다고 한다. 자신을 사랑할 줄 아는 사람이 나는 좋다. 나도 그렇게 살아가려고 부지런한 생활을 한다. 때에 맞는 옷, 정돈된 헤어, 깔끔한 모습은 자신에게도 기분 좋은 일이지만 타인에게도 좋은 이미지를 남긴다. 나는 그런 사람이 좋다.

그의 문학관을 둘러보고 동상 옆에서 마치 애인이라도 된 듯 사진을 찍었다. 커피를 즐기고 피아노도 잘 쳤다는 그의 이야기를 들으며, 젊은 그의 모습을 상상해 보았다. 낭만적이고 정서가 풍부한 따듯한 인성을 가졌을 것이라고 믿고 싶다. 마치 내가 애인인 양 그의 옆에서 다정하게 웃으며 사진을 찍고 그와 마주 앉아 커피를 마시며 문학을 얘기하고 싶었다. 누구나 문학을 하는 사람들이라면 나와 같은 정서가 아닐까! 그와 함께 마신 커피 향은 봉평 문학관에 가득하다.

아 이런 남자와 문학을 얘기할 수 있다면 나는 그의 제자가 되었을 것이다. 거의 120년 전 인물에게 마음이 간다. 누가 보면 불륜이라고 말할지 모르겠으나 문학의 책에서 만난 인물과 데이트했을 뿐이다.

시대를 초월한 매력을 지닌 그도 세상의 시선에서 벗어나지 못했다. 섬세하고 예민했던 그는 빈곤 속에서도 깔끔한 외모와 복장을 유지했지만, 그런 모습은 때로 사람들의 오해와 비난을 불러왔다. 허영심으로 비칠 수도 있었겠지만, 어쩌면 그는 타인의 시선에 쉽게 상처받는 사람이었을지도 모른다. 그만큼 섬세하다는 것을 말해준다.

그는 교사로, 총독부의 관리로 일하며 생계를 이어갔지만, 그의 진정한 열정은 언제나 문학이었다. 러시아 문학에서 영감을 받아 작품 세계를 넓혔고, 『돈』, 『화』, 『노령근해』, 『메밀꽃 필 무렵』 같은 작품들은 그의 왕성한 창작력을 증명한다. 불행히도 그는 결핵성 뇌막염으로 36세라는 짧은 생애를 마감했다. 그의 아내는 4년 전에 이미 사별이 되었다. 그런 후유증으로 그는 건강이 악화되어 생과 이별했다. 참으로 안타까운 일이다. 천재들의 수명은 왜 짧을까 생각하게 되었다. 하지만 짧은 생애에도 그는 시대를 초월하는 문학적 유산을 남겼다.

그의 창작실을 둘러보며 나는 그의 성격을 엿볼 수 있었다. 정돈된 테이블, 피아노, 그리고 때아닌 크리스마스트리까지. 모든 것이 깔끔하고 세련된 그의 모습을 재현해 놓은 듯했다. 나 역시 글을 읽거나 쓸 때 주변이 어지러우면 집중하기 어렵다. 정돈된 공간이 그의 창작의 원천이 되었던 것처럼 나에게도 글쓰기의 중요한 조건이 되곤 한다. 그러나 그가 가졌던 시적 감각과 사물을 꿰뚫는 통찰력은 나와는 다른 차원이다. 그런 점에서 그는 내가 본받고 싶은 사람이다.

문득 그의 작품을 필사하고 싶은 충동이 들었다. 모방이 창조의 어머니라는 말처럼, 그의 문장을 따라 쓰며 그의 감각을

조금이라도 배우고 싶었다. 그가 남긴 작품들은 나에게 영감
과 동시에 도전을 준다. 내가 그의 문장을 이해하고 내 것으로
만들기엔 아직 부족한 듯하지만, 그 부족함마저 나를 앞으로
나아가게 한다. 그의 삶과 문학은 단순한 감탄을 넘어선 무언
가를 내게 남겼다. 그의 글처럼 나 역시 누군가의 마음에 오래
도록 남을 문장을 쓰고 싶다.

도서관에 함께 가는 행복

수영장에 가지 않겠다고 떼를 쓰는 손자를 데리고 아파트 축구장으로 향했다. 억지로 데리고 나왔지만, 막상 공을 들자 눈빛이 달라졌다. 손자는 공격수, 나는 골키퍼. 손자가 찬 공은 생각보다 묵직했다. 뻥! 하고 날아오는 공을 몇 번이나 놓쳤다. 일부러 못 본 척하고 골을 허용하기도 했다. 손자의 기를 살려주기 위해서였다. 가끔은 멀리, 아주 멀리 공을 차기도 했다. 손자가 그 공을 쫓아 헉헉대며 뛰어갔다. 속으로 '운동 좀 하자, 비만 체질이니까' 하며 작전을 짰지만, 손자는 내가 그런 의도가 있다는 건 꿈에도 몰랐을 것이다. 잠시 쉬자고 하니 손자가 눈을 동그랗게 뜨며 말했다.

"얼마나 했다고 벌써 쉬어요?"

"그러게… 할머니가 숨이 차구나." 교통사고 후 숨이 찬 후유증이다.

그렇게 웃고 떠들며 공을 차다 보니, 나도 모르게 땀이 뻘뻘

났다. 이번엔 역할을 바꿔 내가 공격수가 되고 손자가 골키퍼를 맡았다. 공을 따라 달려가는 내 모습에 손자가 슬며시 웃었다. 몇 번 멋지게 골을 넣자 손자의 눈이 동그래졌다.

"어때, 할머니도 잘하지?"

"응, 잘해요!"

힘은 들었지만, 손자의 그 한마디에 온몸이 가뿐해졌다.

집에 돌아와 보니 다리에 시퍼런 멍이 들어 있었다. 사진으로 찍어 인증 샷이라도 해두고 싶은 순간이었다. 내 몸을 아끼지 않고 공을 찼다는 훈장 같은 멍. 가끔 잠 못 이루는 밤, 눈을 감으면 손자의 까르륵 웃는 소리가 들려온다. 나도 모르게 입가에 미소가 번진다. 손자는 내게 기쁨과 웃음을 선물해 주는 보물 같은 존재다.

그날 저녁, 손자의 작고 따뜻한 손과 발을 씻겨 주었다. 단풍잎 같은 손을 말끔히 닦고 저녁을 주었다. 집으로 향하는 나에게 손자는 현관 앞까지 따라 나와 나를 꼭 껴안았다.

"사랑해, 우리 손자."

나를 안아주는 손자의 오늘 하루도 기분 좋은 모양이다.

내 하루 일과는 단순하다. 손자를 학교에서 데려오고, 학원에 데려다주는 일. 학교가 끝날 즈음이면 나는 그늘 한 귀퉁이에 서서 손자를 기다린다. 아이들이 쏟아져 나오고, 손자는 실내화 주머니를 빙빙 돌리며 메마른 운동장을 퍽퍽 차고 걷는다. 바람도 거들어 흙먼지를 일으키고, 그 먼지는 그대로 나에게로 날아온다.

참새가 방앗간을 그냥 지나치지 못하듯, 군것질 가게 앞을 지나치지 못한 사랑스런 아이 어쩌면 배고픔보다는 심심풀이가 아닌가 싶다. 손자는 좋아하는 친구를 보면 함께 먹자며 친구 두세 명의 각종 군것질을 산다. 지갑을 들고 오지 않았다고 하면 "카드로 하면 되잖아요. 휴대폰에 '콕'으로 보내면 되잖아요." 피해 갈 방법이 없다. 자기 간식도 챙기고 친구들 간식도 나눠주는 손자의 사교성이 흐뭇하다. 그런 손자가 대견하면서도 웃음이 난다. 아이들과 어울리는 손자의 모습은, 그 자체로 또 하나의 즐거움이다.

요즘처럼 날씨가 쌀쌀해지면, 어묵과 붕어빵이 반가운 계절이 된다. 손자가 "할머니, 붕어빵이요!" 하면, 나도 은근슬쩍 따라가 군것질을 한다. 손자를 핑계 삼아 떡볶이도 한 입, 어묵도 한 꼬치, 나도 냠냠 맛있게 먹는다. 손자와 나누는 이 시간 즐겁고 소중하다. 아빠를 꼭 닮은 얼굴, 붕어빵처럼 닮았다.

뜨거운 붕어빵을 손에 들고 천천히 걷는 모습은, 마치 '지금 내가 세상에서 제일 행복해요'라고 말하는 것 같다. 아이의 얼굴에서 그런 표정을 볼 수 있다는 것만으로도 하루가 보람차다.

그날은 수수께끼 놀이를 해 보자고 제안했다.

"할머니가 문제 하나 낼게. 귀가 하나밖에 없는 게 뭘까?"

손자는 눈을 반짝이며 생각하다가 고개를 갸웃했다.

"그런 게 있어요?"

"있지. 그래서 수수께끼인 거야."

"뭐예요?"

"바늘이란다." 아이는 놀라는 듯하면서 고개를 끄덕인다.

"이제 내가 낼게요!"

눈을 이리저리 굴리며 진지하게 고민하는 표정이 귀엽다. 한참을 생각하더니 이렇게 묻는다.

"사과가 파인 건 뭘까요?"

익숙한 문제였다. "파인애플."

"어떻게 알았어요!"

"예전에 네가 했던 거잖아."

"그랬어요? 아… 기억 안 나." 실망한 듯한 얼굴이 귀엽기만 하다. 이런 소소한 놀이가 우리 둘의 마음을 더 단단히 이어준다. 말문이 트이니 마음도 열린다. 이런 시간들이 참 좋다.

무엇보다도 행복한 시간은 도서관에 함께 가는 일이다. 집

에 가자는 말도 잊고 책에 빠진 손자를 볼 때면, 이 아이가 어
떤 작가의 글에 빠져들었을까 궁금해진다. 아이가 좋아하는
글을 쓰는 작가가 참 부럽다. 나도 그런 글을 쓰고 싶다. 재미
있고, 의미 있는 글을. 딸이 누려야 할 시간을 대신 보내고 있
다는 생각에 가끔 미안함이 밀려오기도 한다. 하나밖에 없는
아이와 내가 누리고 있는 시간을 딸은 간절히 원한다. 아이만
보고 살림만 하고 살면 좋겠다고. 맞벌이 엄마들의 공통적인
소망일 것이다. '평범한 일상' 무엇과도 바꿀 수 없는 축복이
다.

가족 모두가 한방에서 잠들다

벚꽃이 흐드러지게 피는 계절도 아닌데, 여행지 숙소는 좀처럼 구하기가 쉽지 않았다. 결국 우리 부부와 딸 가족은 시내 중심에 있는 오래된 호텔에서 겨우 온돌방 하나를 빌렸다. 다섯 식구가 한방에 몸을 누이게 된 것이다.

그 호텔은 1950년에 지어진 건물이라고 했다. 당시에는 호텔이었을지 모르나, 지금은 여관 수준에 가까웠다. 세월의 흔적이 고스란히 남아 있는, 촌스럽고 투박한 그 건물. 아이러니하게도 그 해는 한국전쟁이 발발한 해이기도 하다. 누군가는 총을 들고 도시를 파괴했고, 또 누군가는 벽돌을 쌓으며 건물을 올렸다.

삶은 그렇게 짓고 무너지며 이어진다. 전쟁이 문학을 낳고, 폐허 속에서 이야기가 자란다. 그 생각을 하니 삶이란 얼마나 아이러니한가 싶다.

숙소 주인은 자부심 가득한 얼굴로 말했다. "우리나라 대통령도 여기서 묵고 가셨다니까요." 그 말에 웃음이 나면서도 어쩐지 정이 갔다. 무엇보다도 온돌방이라는 것이 내겐 무척이나 반가웠다. 아파트 생활 속에서 잊고 지내던 바닥의 따뜻함, 옛 기억의 한 귀퉁이가 조용히 다시 피어올랐다.

예전엔 새벽마다 누군가 일찍 일어나 부엌에 나가 군불을 지폈다. 식어가는 방을 조용히 데우던 손길. 아버지는 잠이 없으셔서 누구보다 먼저 일어나셨고, 방의 냉기를 알아차리면 말없이 불을 피우셨다. 그 자상함을 나는 미처 몰랐다.

아버지를 따뜻한 사람이라고 여겨본 적이 없다. 어머니를 고생시키는 사람이라고, 자식들에게 뭔가 해줄 능력도 없고, 그저 평범하기만 한 아버지라고 생각했다.

지금 와서야 깨닫는다. 어느 부모인들 자식에게 자랑스러운 존재이고 싶지 않겠는가. 나도 부모가 되고서야 알게 되었다. 때로 말 없는 헌신이 얼마나 큰 사랑이었는지, 남자도 외롭고 고독한 존재라는 것을. 사람은, 사랑을 받고도 깨닫지 못한다는 것을 비로소 이해하게 되었다.

온돌방에 짐을 풀고, 벽을 따라 다섯 명이 나란히 누웠다. 남편, 사위, 손주, 딸, 그리고 내가 마지막 자리를 차지했다.

초저녁엔 눈이 스르르 감기더니, 이내 두 남자의 코 고는 소리에 깼다. 장거리 운전을 한 사위는 깊은 숨소리로 잠을 자고 있었고, 아무 말 없이 조수석에 여섯 시간 앉아 있던 남편 역시 곤히 잠들어 있었다. 피곤했을 것이다. 나만 홀로 깨어 있었다. 그러자 어이없는 걱정이 머리를 스쳤다.

'혹시 자다가 방귀라도 나오면 어쩌지?'

남편과 단둘이 있을 땐 서로 거리낌 없이 뀌곤 했다. 나도, 남편도. 그런데 지금은 사위가 같은 방에 있지 않은가. 괜히 긴장이 됐다. 잠은 점점 멀어졌다.

젊었을 땐 방귀라는 게 그렇게 자연스럽지 않았다. 그런데 지금은 종종 불쑥불쑥 튀어나온다. 몸이 변해서인지, 아니면 나이 들어 뻔뻔해진 건지. 아니면 그날 먹은 음식 탓인지.

이젠 누가 우리 집에 온다 하면 나는 음식부터 가려 먹는다. 삶은 고구마, 삶은 계란, 우유 같은 건 반드시 피한다. 그런 날엔 거의 예외 없이 방귀가 나온다.

예전에 가족들 앞에서 이렇게 선언한 적도 있다.

"우리 그냥 방귀 참지 말고, 자유롭게 뀌는 걸로 하자."

그러자 며느리가 말한다.

"어머니, 저는 방귀 안 뀌어요."

순간 할 말을 잃었다.

'나는 이슬만 먹어요.'라는 말이 이런 분위기일까. 어쩐지 귀엽고 또 한편으론 민망했다.

반추동물은 위장이 여러 개라 메탄가스를 많이 내뿜는다는 데, 사람은 위장이 하나여도 방귀를 뀐다. 사람이나 동물이나, 지구의 공기를 오염시키는 데는 큰 차이가 없는 셈이다. 요즘 은 지하철 같은 데서도 슬쩍 냄새가 나는 순간이 있다. 소리는 없고 냄새만 퍼지는 그 조용한 범인들. 그럴 때면 나만 이렇게 신경 쓰며 사는 건가 싶기도 하다.

다행히 그날 밤, 아무 사고(?) 없이 무사히 넘겼다. 방귀가 안 나왔다니, 정말 천만다행이었다. 몇 년 만에 다시 마주한 온돌방인데도 나는 좀처럼 잠들 수 없었다. 이불 속에서 이런 저런 생각들이 꼬리를 물었다.

손주는 엄마의 팔을 꼭 끌어안고 잠들어 있었다. 그 모습이 어찌나 평화롭던지. 어쩌면 저 아이는 솜처럼 따듯하고 부드 러운 엄마 품에서 달콤한 꿈을 꾸고 있을 것이다.

깊은 밤, 가족 모두가 하나의 방에서 잠든다는 건 참 오랜 만의 일이었다. 바깥은 아직 차가운 봄밤이었지만, 온돌방 안 에는 사랑이라는 온기가 가득했다.

2부

불을 먹은 감이 되고 싶어요

주택가를 지나다가 오래된 감나무와 마주쳤다. 감나무는 늙었는데도 해마다 열매를 맺는다. 거친 나무껍질을 보면 감이 열릴 것 같지 않은데도, 해마다 커다란 대봉이 주렁주렁 달린다. 한 공기 가득 담으면 넘칠 만큼 탐스럽다. 하지만 인도 위에 떨어진 감을 보면 눈살이 찌푸려진다. 마치 한 공기의 쌀밥이 허망하게 버려진 듯하다. 누군가 미리 따 두었다면 좋았을 텐데, 찬 서리가 내릴 때까지 나무에 매달려 있는 것을 자주 본다.

이제는 먹거리가 흔해진 탓일까. 감을 따는 이도, 주워 가는 이도 없다. 새들이 쪼아 먹기엔 너무 많은 열매가 땅에 나뒹군다. 충분히 익어버린 감들은 무게를 견디지 못하고 바닥으로 떨어져 뭉개진다. 마치 술 취한 사람이 토해 놓은 듯 지저분하다. 넘쳐나는 먹거리 속에서 감도 천덕꾸러기가 되어버렸다. 사람들은 그것을 피해 걸음을 옮길 뿐, 거들떠보지도 않는다.

나는 가을이면 '대봉'이나 '홍시'를 보면 옛 생각에 잠긴다. 그때만 해도 아이들 간식이 부족하여, 익은 감은 먹어 보지도 못하고 떨어진 감을 주워 옷에다 쓱쓱 문질러 먹었다. 그때 먹은 감이 얼마나 맛있었겠는가! 떫고 텁텁했던 것도 늘 부족했기에 귀했다.

주택가에 감이 주렁주렁 달린 것을 보면 배가 든든해진다. 고개를 들고 한참을 그 자리에 머물다가 발길을 옮긴다. 감나무가 있는 집에서 살고 싶은 것이 나의 소박한 꿈이기도 하다. 여전히 그 꿈을 이루지 못한 채 살아간다. 아마 영영 그 꿈은 이뤄지지 않을지도 모른다. 남의 집 감나무를 바라보는 것으로 대신해야겠다.

오늘날은 마트에만 가면 예전에는 보지 못했던 과일들이 넘쳐난다. 국내산도 많지만 수입산도 많아졌다. 돈만 있으면 어떤 과일이든 선택할 수 있다. 그래도 나는 마트에 가면 넘쳐나는 과일들 중에서 감을 먼저 찾게 된다. 웬일인지 감 하나만 먹어도 어린 시절이 떠올라 추억에 잠기게 된다. 아파트에 살고 있지만, 감나무가 있는 것처럼 가을 내내 우리 집에는 감이 있다.

'홍시'는 냉동실에 얼려 두면 달콤한 아이스크림이 되어 훌륭한 간식이 된다. 요즘은 고추장을 만들 때도 감을 넣고, 김장을 할 때도 홍시를 쓴다고 한다. 빨간빛 덕분에 고추장이나 김치에 설탕을 대신할 수 있어서 궁합이 잘 맞나 보다. 감을 넣은 고추장을 샀더니 정말로 홍시 맛이 났다. 이렇게 다양한 방법으로 감을 소비해 농민들에게도 도움이 되었으면 좋겠다.

감꽃은 개나리꽃처럼 작은 모양이다. 열매는 크지만, 꽃은 더없이 겸손하다. 복주머니처럼 생긴 감꽃은 꽃받침을 떼어 내면 동그란 구멍이 생기는데, 우리는 그것을 주워 실에 꿰어 목걸이를 만들었다. 온종일 목에 걸고 다니다 보면 시들어 달짝지근한 맛이 배었다. 지금의 젤리처럼 느껴지던 시절이었다. 간식거리가 귀하던 그때, 감꽃 하나가 훌륭한 주전부리가 되었다.

감꽃이 지고 나면 단추만 한 작은 감이 맺힌다. 감잎과 닮아 쉽게 눈에 띄지 않지만, 가만히 올려다보면 하나둘 보인다. 바람이 불면 감잎들이 흔들려 더욱 찾기 어려워진다. 나는 어릴 적부터 이 작은 감을 찾는 버릇이 있었다. 얼마나 많은 감이 떨어질지를 가늠하기 위해서였다. 어린 감들은 바람에 흔들리다 스스로를 떨구어 균형을 맞춘다. 그 덕분에 배고픈 아이들에게 작은 간식거리가 되었다.

아직 덜 여문 감들은 크기도 작고 떫어 맛이 없지만, 그마저도 귀하게 여기며 주워 먹었다. 새벽 별이 반짝이는 시간에도 친구들과 감을 줍겠다고 눈을 비비며 뛰어나갔다. 지금 같으면 도무지 먹지 못할 떫은 감이었지만, 그땐 그것조차 소중했다. 소금물에 담가 떫은맛을 빼고 나면 한결 먹을 만해졌다. 배고픔 앞에서는 모든 것이 맛있었다.

감꽃이 필 때면 꽃이 바닥에 뒹군다. 나는 그때를 생각하며 그마저도 밟지 않고 비켜 지나간다. 또한 가을이면 뭉개진 감을 피해 조심스레 발을 옮긴다. 풍족한 시대, 넘쳐나는 먹거리 속에서 감도 버려지고 있다. 어린 시절 함께 감꽃을 주워 먹던 형제들은 지금 어디서 무엇을 하고 있을까. 오래된 기억을 잊지는 않았을까. 언젠가 만나 이 이야기를 꺼낸다면 어떤 반응을 보일까. 그 시절 감이 참 맛있었다고, 입을 모아 이야기할까.

요즘은 감이 아니더라도 선택해서 먹을 수 있는 과일들이 풍성하다. 그 시절의 훌륭한 감도 요즘 아이들에게는 큰 감흥이 없는 듯하다. 온통 인스턴트 식품에 길들여지고, 자극적인 음식을 더 좋아하게 된 시대가 되었다. 매운 라면은 더 맵게, 떡볶이도 자극적인 맛을 선호한다는 말을 들었다. 이런 시대에 감이 무슨 맛일까. 그래도 나는 여전히 감이 좋다. 추억으로 먹는 감이기에 더욱 그렇다.

감이 익어가는 계절이면, 농민들의 손길이 깃든 결실이 시장에서 헐값에 팔린다. 감 한 상자를 샀더니 이만 원도 되지 않았다. 바닥을 모르고 떨어지는 감 값이 안타까워 농민을 돕는 마음으로 한 상자 사 들고 왔다. 그리고 이해인 시인의 시를 떠올리며, 불덩이처럼 익은 감을 꿀꺽 삼켰다.

"가을엔 감이 되고 싶어요.

가지 끝에 매달린 그리움 익혀

당신의 것으로 바쳐 드리는

불을 먹은 감이 되고 싶어요."

그 많은 잉어는 누가 먹었나

사람의 발소리만 듣고도 벌떼처럼 몰려오던 잉어 떼들이 자취를 감추었다. 손뼉을 치면 떼를 지어 몰려오곤 했었는데, 크기는 어른 팔뚝만 한 것도 있었고, 작은 것은 그 절반 정도 되는 크기도 많았다. 무게로 치면 4킬로그램은 될 것 같았다. 그런데 그 많던 잉어들이 단 한 마리도 보이지 않았다. 무슨 일이 일어난 걸까? 궁금증이 머리를 떠나지 않았다.

먹이를 던져 주면 탁구공 하나가 들어갈 정도로 큰 입을 벌려 먹이를 폭식했다. 먹이를 채가려는 경쟁도 치열했다. 팔딱팔딱 뛰어오르던 잉어들은 물속으로 떨어질 때, 마치 큰 돌이 떨어지는 듯이 육중한 소리를 냈다. 넘치는 그 힘만 보아도 묘기를 보는 듯하여 그 모습을 보는 것도 재미있었다. 화목원을 방문한 사람들이 던져준 먹이 탓인지 잉어들은 사육되는 것 같았다. 이제는 그 활기차던 연못에 생명의 흔적이 보이지 않았다.

　도대체 그 많은 잉어는 어디로 갔단 말인가? 남편은 혹시 추운 날씨에 대비해 다른 곳으로 옮겨 놓은 게 아니냐고 추측했다. 그러나 아직 얼음이 얼 정도로 추운 날씨도 아니었다. 벌써 월동 준비를 했을까? 의심이 들기도 했다. 마침 매점에서 잉어 먹이를 팔고 있었으니 매점 주인이라면 잉어가 사라진 이유를 알지 않을까 싶어 매점으로 갔다. 남편과 차를 마시면서 물어보았다. 매점 주인은 친절하게 말해주었다.

　그녀의 뜻밖의 말을 듣고 놀랐다. 그녀는 약간의 감정을 담아 말했다. 지난겨울에 수달이 나타나서 그 많은 잉어를 다 먹어 버렸다는 그녀의 말, 믿을 수가 없는 사실에 그저 놀라울 뿐이었다. 수달 한 마리가 그 많은 잉어들을 먹어 버렸다니 그야말로 먹방에 나올 만한 쇼킹한 사건이다.

　수달은 잉어 내장만 먹고 버린다고 하니 그 많은 잉어 떼들을 먹어 버릴 수 있을 것 같았다. 내장만 빼먹고 버려진 잉어들의 참담한 모습이 눈에 선하다. 그렇게 버려진 잉어의 몸통이 연못 주변에 즐비하게 널려 있었다는 말도 해주었다. 그야말로 대참사나 다름없는 일이다.

　후각이 예민한 수달은 물 냄새만으로도 어디에 고기가 있는지 알아챈다고 한다. 아마 수로를 따라 여기까지 온 것 같다는 관리자의 추측도 들었다. 한 마리의 수달이 연못 전체에 끔

찍한 결과를 초래했다는 이야기에 소름이 돋았다.

오늘 내가 본 연못에는 잉어가 한 마리도 보이지 않았지만, 잉어가 사라진 연못에는 새 잉어들로 채워져 있다고 한다. 낚시꾼들이 잡아 온 잉어를 풀어놓기도 하고 관계자들이 새로 사들여 왔다고 하였다. 다만, 아직 훈련이 안 된 상태라 사람 소리를 듣고도 반응하지 않는다고 매점 주인이 덧붙였다. 그래서 잉어가 없는 줄 알았던 것이다.

"그동안 관리자가 먹이를 던져주면서 잉어들을 훈련시켰어요. 그런데 새로 들여온 잉어들은 그런 훈련을 받지 못해서 수련잎 속에만 조용히 숨어 있는 것 같아요." 매점 직원이 말해주니 이해가 되었다. 매점 주인은 먹이가 팔리지 않는 것이 서운하기도 한 것은 아닌지 생각해 보았다.

돌고래의 높은 지능은 익히 알려져 있었지만, 잉어도 훈련이 가능하다는 사실에 놀라웠다. 새로 들여온 잉어들이 연못에 적응하고 사람들에게 익숙해지기를 바라며, 무엇보다 이번 겨울에는 수달의 공격 없이 안전하게 지내기를 바랐다.

기도하시는 어머니

오늘은 시어머니의 기일이다. 코로나19로 인해 가족들과 만나지 못한 지도 벌써 삼 년째다. 예전엔 기일을 핑계 삼아 자주 보지 못한 형제자매들과 얼굴을 마주하곤 했는데, 전염병의 공포는 가족의 만남까지도 장애가 되었다.

사실 나는 어머니에 대해서 아는 것이 별로 없다. 서울에 계신 어머니와 우리는 남편의 직장 때문에 소도시에 살았고, 가끔 찾아뵐 뿐이었다. 그저 청소하고 식사 챙기는 일로 내 할 도리를 다했다고 여기며, 어쩌면 볼멘 얼굴로 돌아섰을지도 모른다. 어린 마음에 말과 행동으로 상처를 드렸던 기억이 아프게 떠오른다.

무지했던 내가 어머니에게 말로 또는 행동으로 상처를 드렸던 것을 생각하면 쥐구멍이라도 있다면 숨고 싶다. 하룻강아지 범 무서운 줄 모르는 철부지였다. 인생은 연습이 없다. 지나고 나서 자신의 잘못을 깨닫게 되는 어리석은 자신을 발견

한다. 참 많이도 어머니와 갈등했다. 그 원인은 물질에 있었다.

지난 시절 어머니와 관계를 생각하니 무엇 하나 기쁘게 해 드린 것이 없다. 여행도 함께 간 적도 없고 어머니가 무엇을 좋아하셨는지도 모르고 외식도 한 적이 없는 것 같다. 나 역시 물질적으로 여유가 없었기에 '효' 한 번 해 드리지 못한 것으로 기억된다. 마음만으로는 '효'가 될 수 없다. 그러나 따뜻한 마음과 친절로 충분히 어머니에게 사랑을 드릴 수 있었을 테인데 지혜가 없었다. 지혜는 하느님이 주시는 것이다. 신앙의 깊은 뿌리가 없던 나는 많이 모자랐다.

지금 생각하면 내 아이들은 나에게 참으로 친절하다. 내 며느리도 그렇고 내가 이런 사랑과 친절을 받을 자격이 있나 생각할 때가 있다. 같은 여자의 입장으로 보자면 불쌍하기 그지없는 분이신데, 마음을 아프게 해 드렸다. 영영 이별이 되었으니 가슴을 치며 후회한다.

나의 시어머니는 자식 오 남매를 고등교육까지 마치게 한 훌륭한 분이시다. 어머니는 삶의 힘든 과정을 무엇으로 견디며 살아왔을까? 아마도 그 힘은 종교의 힘이라고 생각한다. 삶이 고단할수록 어머니의 신앙은 더욱 굳건해졌을 것이다.

늘 그 자리에서 고개를 숙이고 옷감을 재단하시고 바느질 하시던 모습이 선명하다. 석고상처럼 오랜 시간 기도하셨다.

기도하는 자세로 굳어 버릴 것 같았다. 우리 가족들이 성공적 삶을 살고 있는 것도 어머니 기도 덕분인지도 모르겠다. 그렇게 버티어 낸 삶의 고단함을 어머니는 종교의 힘으로 견딜 수 있지 않았을까? 옷 만드는 일을 그만두시고 옷 만드는 모습으로 기도를 하셨다. 그렇게 여섯 시간씩 누군가를 위해서 희생하는 시간을 보내셨다. 자신을 위한 시간이 왔지만 다른 이를 위해 기도하는 하루를 보내셨다. 참으로 거룩한 모습이었다. 철없는 나를 위해서 기도하셨는지 모르겠다. 생각해 보니 어머니를 위해서 기도한 기억이 없다.

어머니의 신앙 선택은 현명하셨다. 성경은 삶의 지혜와 기술을 가르쳐준다. 사람에게보다 하느님으로부터 위로를 받는 것이 가장 좋은 의지처라는 것을 일찍이 깨달은 것일 게다. 말씀이 없으시고 이웃과 교우들과 수다 떠는 모습을 본 적이 없다. 누군가, 나를 위해 기도해 주는 사람이 있다는 것은 매우 행복한 일이고 감사한 일이다.

석고상처럼 앉아서 기도하는 것은 경지에 이르러야 할 것 같다. 나는 기도하려고 하면 모래알보다 더 많은 생각들로 산만하여 일어나 버린다. 앉아서 기도할 때면 가시방석 같아 일어나 거실을 왔다 갔다 하면서 또는, 집안일을 치우면서 묵주기도를 한다. 그토록 오래 앉아 기도하는 어머니의 인내심과 집중력을 나도 닮고 싶다.

어머니는 일제 강점기에 양장 기술을 배우셨다. 그 기술로 자녀들의 학비를 대고 생활비를 근근이 마련하셨다. 유명 배우의 옷을 만드셨고 유명 기업인의 부인들 옷도 만드셨다. 꼼꼼하고 입기 편한 옷을 만든다는 소문이 나서 비대칭 몸을 가진 고객들은 매우 좋아했다고 말씀하셨다. 입는 사람은 편했을지 모르나 어머니는 그런 사람의 옷을 만들 때면 매우 힘들었다고 하셨다.

또한 어머니는 극기의 삶을 사셨고 자비로운 분이셨다. 자신을 위해서 편안한 시간을 보내신 적이 없으셨다. 그야말로 남편이 있었지만, 없는 듯한 삶이었다. 어머니의 일생은 순교자처럼 사셨던 분이시다. 오늘날 '백색 순교'라고 말하고 싶다.

어머니의 일생은 바느질과 기도로 사시다가 하늘로 가셨다. 어머니의 삶을 돌아보면 십자가의 힘든 삶이었다. 그런 어머니를 존경해야 마땅하고 위로해 드려야 마땅한데도 '효'를 다하지 못해 그저 죄송할 뿐이다.

어머니는 김장 김치를 잘 담그셨다. 남편이 학교 다닐 때 도시락 반찬으로 김치를 가져가면 학급 반원들이 햄과 김치를 바꿔 먹었다고 했고, 김치 맛을 본 학우는 집에 가서 자신들의 어머니에게 맛있는 김치를 담가 달라고 했다고 한다. 남편은 맛보지 못했던 햄 반찬과 김치를 바꿔 먹는 즐거움도 느꼈다고, 그 당시를 떠올리며 남편이 내게 들려주었다. 나도 인정한다. 어머니의 김치맛은 맛깔스럽고 깊은 맛이 났다. 나는 어머니의 김치 담그는 방법을 전수받지 못했다.

김치만 잘 담그는 것이 아니라 '내장탕'도 잘 끓이셨다. 나는 밤새 '내장탕'을 끓이느라 첫아이를 업고 늦도록 부엌에서 끓는 것을 지켜보았던 기억이 있다. 어머니에게 매 한 번 맞아 본 적이 없다고 남편이 추억처럼 말해 주었다. 삶이 힘들면 자녀들에게 매질하는 부모들도 있는데 성격적으로 자비하신 분이었다는 것을 알 수 있는 대목이다.

나의 친정어머니도 참다운 신앙이 있었다면, 하는 아쉬움이 남는다. 나의 어머니도 누구 못지않게 어려움을 견디어 내신 훌륭한 분이셨다. 두 분의 어머니를 생각하면 그 시대 어머니들의 희생과 강한 생활력 덕분에 가정이 온전한 것이었다.

지난 일을 생각하니 어머니의 얘기를 진정으로 이해하고 공감하면서 경청하지 못했다. 가끔 내게 몸이 아프다고 하소연하셨다. 눈이 안 보이고 고개가 너무 아프다는 어려움이었다. 내 몸이 아픈 것처럼 절실하게 이해 못했다. 건성으로 듣지 않았나 싶다. 진심으로 아파하고 이해와 공감을 해주었다면 얼마나 좋았을까? 물질만으로 '효'를 하는 것이 아닌데 그런 것을 몰랐다. 지나고 나서야 가슴을 치는 어리석음을 깨달을까! 그야말로 "지금 알고 있는 것을 그때도 알았더라면" 얼마나 좋았을까? 어머니는 여전히 하늘에서도 우리를 위해 기도하고 계실 것이다.

만나고 싶은 사람

위대한 인물의 그림자 속에,

나는 길을 잃지 않으리.

오히려 조용한 일상 속에서

부드러운 감정을 만지며,

책 한 권의 소중함을 품는다.

소외된 자들에게 마음 가는 그대,

오만한 사람에게 일침을 주는 그대여.

굴뚝 청소부 어린아이에게

온기를 전하는 당신의 미소,

과일 파는 그녀들에게

사랑의 말 한마디 던지며,

그대 있어 바람막이가 되었다지요.

두려움 곁에 그대가 있어
봄날처럼 따뜻했을 것입니다.
당신의 애수와 배려는
내 가슴에 잔잔한 파동을 일으키고,
이 시대의 불평등 속에서
나는 당신을 그리워하리.

평범함 속에 숨겨진 부드러운 마음,
그대의 소소한 사랑이
어둠을 걷어내는 빛이 되었으니,
그대를 사랑합니다.
찰스 램이여.

반려견과 함께하는 삶, 그리고 그 마지막

퇴근 후 현관문을 열면, 반가움에 꼬리를 흔들며 달려오는 작은 존재가 있습니다. 말은 없지만, 온몸으로 반기는 그 모습에 하루의 피로가 사라진다고 합니다. 반려견은 이제 단순한 애완동물을 넘어, 우리 삶의 일부가 되고 있습니다. 외로운 순간을 함께하고, 기쁨을 나누며, 때로는 누구보다 깊은 위로를 건네는 존재. 그렇게 현대인들은 반려견과 함께 살아갑니다.

현대 사회에서 반려견은 단순한 애완동물을 넘어 가족과도 같은 존재로 자리 잡았습니다. 많은 이들이 외로움과 즐거움을 나누기 위해 반려견과 함께하며, 그들과의 정서적 교감은 우리의 삶에 깊은 울림을 줍니다.

어떤 사람에게는 반려견이 유일한 말벗이 되기도 합니다. 한 지인은 외로움을 달래기 위해 반려견과 대화를 나누며 삶의 위로를 받는다고 했습니다. 반려견의 충성심과 애정은 때로는 사람들보다 더 큰 위안을 줍니다. 주인을 기다리다 지쳐 작은 '반항'을 하거나, 주인이 돌아오자마자 온몸으로 반기는 모습을 보면 그 사랑이 얼마나 깊은지 알 수 있습니다.

외동으로 크는 아이들에게 반려견은 정서적으로 도움이 큽니다. 내 손자도 반려견을 키우고 싶어 하는데, 가족의 의견 일치가 안 되어 망설이고 있습니다. 혼자 노는 아이를 보면 쓸쓸해 보입니다. 그 쓸쓸함을 반려견이 채워준다면 아이에게도 정서적으로 좋을 것 같습니다. 반려견이 있으면 아이들이 게임도 덜 할 것 같습니다.

손자를 위해서 내가 키우고 싶은데 저 또한 감당하기 어렵다는 이유로 미루고 있습니다. 사람이나 다름없이 강아지들도 혼자 있는 것을 싫어합니다. 온종일 혼자 지내는 반려견은 스트레스를 많이 받는다고 합니다. 끝까지 책임 있는 행동을 해야 하기에 부담이 됩니다. 숙명적으로 강아지는 사람을 좋아합니다. 말없이 사랑을 주는 반려견과 마지막까지 책임을 지는 일은 사랑입니다.

반려견과의 행복한 시간은 영원하지 않습니다. 반려견이 세상을 떠나면 많은 사람들은 그들에게 정성스러운 장례식을 치러줍니다. 최근 반려견 장례식장은 염습, 관, 추모식, 심지어 수목장이나 납골당까지 사람과 다름없는 절차를 제공합니다.

발자국 도장, 털 보관, 편지 쓰기 등의 세심한 서비스도 포함됩니다. 이는 반려견을 가족처럼 여긴 이들에게 마지막 사랑의 표현이지만, 한편으로는 과도한 소비라는 비판도 있습니다.

한 친구는 반려견을 위해 많은 비용을 들여 장례식을 치렀습니다. 평소에는 검소하던 그녀가 반려견을 위해 아낌없이 지출하자 주변에서는 이해하지 못하는 반응도 있었습니다. 하지만 그녀에게 반려견은 단순한 동물이 아니라 삶의 동반자였습니다. 반려견이 그녀의 인생에서 어떤 의미였는지를 생각하면 그 선택은 충분히 이해할 만합니다. 사람은 상처를 주고받지만, 반려견은 일방적 사랑을 주니까요. 반려견의 마지막 장례 비용도 아깝지 않겠지요.

반려견은 말하지 않아도 곁에 있음으로써 위로를 줍니다. 우울증으로 힘들어하던 지인이 반려견을 키우며 삶의 의지를 되찾은 사례는 반려견의 존재가 사람에게 얼마나 큰 영향을 미치는지를 보여 줍니다. 때로 상처가 되는 말을 내뱉어도, 반려견은 그저 묵묵히 기다려 줍니다. 우리는 때로 위로한답시고 하지만, 이차적 상처를 안겨주기도 합니다. 그런데 반려견은 묵묵히 주인 곁에 있어 줍니다. 그러니 사랑스럽지 않겠어요.

반려견과의 관계에서 느낀 감정은 사람마다 다릅니다. 하지만 그 관계의 깊이만큼 이별의 감정도 다양합니다. 반려견은 현대인의 외로움을 달래주고 삶의 동반자가 되며, 그 죽음마저도 사람들에게 다양한 감정을 남깁니다. 반려견 장례식은 사랑과 애도의 표현이지만, 지나친 소비로 변질되지 않도록 균형이 필요합니다.

반려견과 함께한 시간의 소중함을 기억하며, 그들의 짧지만 찬란했던 생을 떠올립니다. 그 사랑을 마음 깊이 간직하는 것, 그리고 끝까지 책임감 있게 돌보는 것이 진정한 사랑의 완성 아닐까요?

병천순대 한 그릇에는

　병천순대는 사업주의 이름인 줄 알았다. 그러나 그것이 지명이라는 사실을 알게 되었을 때 약간의 신선함이 느껴졌다. 우리나라에는 각 지역을 대표하는 음식들이 있다. 내가 살고 있는 춘천은 닭갈비와 막국수가 유명하다. 이번에 천안을 방문하여 천안의 대표 음식으로 꼽히는 호두과자와 병천순대를 접할 기회가 생겼다.

　순대마을을 차로 지나가던 중, 포장도 하지 않은 채 돼지머리를 어깨에 올리고 가는 젊은 남자를 보았다. 솔직히 외면하고 싶었다. 줄줄 흐르는 핏물은 도로에 떨어졌다. 거리에 늘어선 음식점의 벽에는 돼지머리를 어설프게 그려놓은 간판들도 눈에 띄었다. 굳이 머리만 강조할 필요가 있을까 싶었지만, 그 이미지는 강렬했다. 머릿속에 떠오른 것은 천주교 순교자들의 머리를 들고 춤을 추던 망나니의 모습이었다. 적나라한 이미지와 연결되면서 먹는 음식이라는 사실을 잠시 잊고 말았다.

순대마을은 하나의 테마 단지처럼 조성되어 있었다. 가게마다 "원조"와 "몇 대째 이어온 가게"라는 문구가 눈에 띄었지만, 결국 모두 병천순대를 파는 가게들이었다. 선택의 여지가 없는 상황에서 가장 평판이 좋다는 가게를 찾았다. 식사 시간이라 그런지 가게는 손님들로 붐볐다. 관광객인지 지역 주민인지 알 수는 없었지만, 순댓국과 소주를 대낮부터 곁들이는 모습도 보였다. 어쩌면 소주 한 잔이 있어야 더 잘 어울리는 음식일지도 모른다.

흥미로웠던 점은 가게 종업원 대부분이 동남아 출신이라는 점이었다. 서툰 한국말 대신, 주문서는 손님이 직접 체크하는 방식으로 이루어졌고 서빙은 매끄럽게 진행되었다. 말이 통하지 않아도 업무에 큰 차질은 없어 보였다. 농촌이나 지역 식당에서 외국인 노동자를 만나는 일이 더 이상 낯설지 않다. 특히 지방의 인력 부족으로 인해 동남아 사람들이 농사나 음식점과 같은 현장에서 중요한 역할을 하고 있다. 그들의 노고 덕분에 우리가 편하게 음식을 즐길 수 있는 것일지도 모른다. 힘들고 기피하는 일들을 마다하지 않고 일해주는 그들의 노고 덕분에 우리가 편히 음식을 즐길 수 있는 셈이다. 감사할 일이다.

이런 상황을 보며 문득 생각했다. 병천순대 같은 음식은 언제부터 우리 식문화에 자리 잡았을까? 돼지의 부속물로 순대

를 만들고, 국밥으로 활용하는 방식은 어쩌면 우리나라만의
독특한 발상일 것이다. 외국인 노동자들의 손길을 거쳐 만들
어지는 음식들이 더욱 다채로워지는 시대에 살고 있다는 사실
도 떠올랐다. 그들이 없다면 이런 음식을 지속적으로 즐길 수
있을까 하는 걱정도 들었다.

영국 작가 찰스 램은 「돼지구이를 논함」이라는 글에서 돼지
고기의 역사를 재미있게 풀어냈다. 어린아이의 불장난으로 돼
지우리에 불이 붙어 새끼 돼지들이 까맣게 타버렸고, 우연히
그 맛을 알게 되면서 익혀 먹는 문화가 시작되었다는 이야기
다. 이처럼 음식의 역사는 우연과 생존의 산물이다. 병천순대
역시 어려운 시절의 흔적에서 출발했을 것이다.

한국은 먹을 것이 부족했던 시절, 돼지의 부속물로 음식을
만들어내는 지혜를 발휘했다. 내장으로는 국밥을, 창자로는
순대를, 선지로는 국을 끓이는 방식 등 버릴 것이 없는 음식
창조력을 보여준다. 이런 음식들이 여전히 사랑받는 이유는
과거의 기억과 맛이 남아 있기 때문일 것이다. 그러나 풍요로
운 오늘날, 그 음식들이 가진 의미는 단순한 생존을 넘어 서민
들의 삶과 정체성을 이어주는 다리가 되고 있다.

천안에서의 병천순대 경험은 나에게 음식을 넘어 삶의 이야
기를 떠올리게 했다. 이 음식이 단순히 지역을 대표하는 먹거

리가 아니라, 과거와 현재를 잇는 하나의 문화적 흔적임을 깨달았다. 그 음식이 담고 있는 시간과 손길을 생각하면, 우리는 단순히 '먹는다' 라는 행위를 넘어 무엇을 기억하고, 무엇을 이어갈 것인지 고민하게 된다. 병천순대 한 그릇에는 단순히 맛뿐만 아니라, 역사와 노동, 그리고 생존의 이야기가 담겨 있었다.

소리들의 공동체

쿵쿵 걷는 소리, 우당탕 달려가는 소리, 화장실 사용하는 소리, 재채기 소리, 핸드폰 진동 소리… 밤사이 들려오는 온갖 소리들이다. 이웃의 아침이 시작되는 소리가 벽을 타고 전해진다.

남편이 소파에 털썩 앉는 소리에 힘이 실렸다. 어제 다툰 감정이 아직 남아 있는 듯하다. 나는 밤새 쉽게 잠들지 못해 늦도록 자리에서 일어나지 못하고 있는데, 남편이 거실을 오가며 문을 열었다 닫았다 한다. 내가 일어났는지 확인하려는 눈치다. 방문을 두어 번 살짝 열어보는 기척이 느껴진다. 눈을 감고 있지만 다 느낄 수 있다. 남편의 불편한 마음이 고스란히 전해진다. 창밖이 훤해진 걸 보니, 이제 나도 일어나야겠다.

아파트의 구조나 설계에 대해 나는 잘 모른다. 하지만 고요한 밤, 욕실 물소리며 휴대폰 진동 소리까지 벽을 타고 내 귀를 자극한다. 언제나 숙면이 부족한 내 탓이지, 사람들의 소리가 신경에 거슬리지 않는다. 오히려 때로는 호기심이 발동할 때도 있다. 소변 소리가 이리 잘 들리는 걸 보니 "저 사람은 방광이 튼튼하겠군", 늦은 시간까지 진동이 울리는 걸 보면 "저 사람도 나처럼 잠 못 이루는구나." 생각이 꼬리에 꼬리를 물고 이어진다.

도대체 아파트는 어떻게 지어지는 걸까. 수십 층의 무게를 견디는 기술은 있어도, 작은 소리 하나 차단하지 못하는 방음 설계는 왜 과학적으로 해결하지 못하는 걸까. 아이러니하다. 지금껏 무게 때문에 무너진 아파트는 본 적이 없다. 사람이 살고 있는 집은 쉽게 무너지지 않는다. 그 신비로움에 대해 곰곰이 생각해 본 적이 있다.

더 신기한 건 시골에서 본 토담집이나 초가집이다. 한쪽으로 기울어 금방이라도 쓰러질 듯한 집인데도, 사람이 사는 동안엔 결코 무너지지 않는다. 기울어진 벽을 튼튼한 나무 기둥으로 괴어 놓은 집도 보았다. 폭우가 오거나 태풍이 몰아쳐도 사람이 살고 있는 집은 끄떡없다. 그것이 사람의 기운인가 보다.

하지만 도시로 이사 간 뒤, 빈집으로 남겨진 그 집은 얼마 지나지 않아 폐허가 되어 버렸다. 금방이라도 무너질 듯 위태롭고, 태풍이라도 오면 곧 사라질 것처럼 허술했다. 사람이 살지 않으면 마당엔 잡초가 무성해지고, 작은 풀벌레며 고양이, 쥐 같은 동물들이 드나드는 걸 보았다. 마치 살쾡이라도 나타날 듯하다. 그 집이 버티던 건, 사람의 기운 덕이었는지도 모르겠다. 사람이 떠난 집은 시나브로 잿더미처럼 사그라진다. 그래서 다들 한마디씩 한다. "도시로 떠나고 집을 비워뒀더니, 다 망가졌어." 사람이든 집이든 가꾸고 보살펴야 한다.

요즘 주택은 대부분 개인 주택보단 공동주택 개념이다. 비록 개인 소유일지라도 함께 살아가는 공간이기에 지켜야 할 생활 에티켓도 많다. 이웃을 배려해 달라는 안내문, 통제 사항이 곳곳에 붙어 있다. 공동주택에 살면서도 사생활을 조금도 양보하지 않겠다는 이웃도 있어 야속하다.

아이들은 맘껏 뛰놀며 동심 속에서 자라야 한다. 그런데 예민한 이웃의 눈치로 아이들의 자유가 제한되는 일이 많다. 그야말로 개구리 올챙이 적 모르는 격이다.

아파트를 짓는 건설업체는 공동주택의 소음을 막는 일에 좀 더 많은 연구와 관심을 기울였으면 좋겠다. 상상을 뛰어넘는 기술력으로 아파트를 짓고 있으면서도, 층간소음 하나 해결하지 못하는 현실을 보면 정말 건축에 과학이 적용되고 있는지 궁금해진다.

내가 살고 있는 윗집에선 쌍둥이 남자아이들이 태어났고,

그 아이들은 나의 배려 속에서 안심하고 맘껏 뛰놀며 자랐다. 그 가족은 고마움을 눈물로 표현하며 매년 인사를 전해온다. 나는 정중히 거절하지만, 그 마음만으로도 충분하다. 문제는 내 손자들이 할머니 집에 올 때다. 아래층 이웃의 예민한 반응에 늘 불안하다. 아이들이 조금만 뛰면 천장을 쿵쿵 두드리거나, 바로 신고가 들어온다. 아이들이 오지 않는 우리 집은 절간처럼 조용한데, 그 며칠 만이라도 배려해 줬으면 좋겠다. 하지만 어김없이 불편하다는 반응이 돌아온다. 참으로 야속하다. 서로가 배려하지 않으면, 정신적인 고충은 이루 말할 수 없다. 이것이 오늘날 공동주택의 가장 큰 애로사항이다.

무너질 듯한 집에서 살던 그 시절, 불편은 있었지만 다정한 사람살이의 맛이 있었다. 그 다정함이 지금도 아파트 어딘가에 숨어 있기를 바란다.

안전한 먹거리

들판에선 가을걷이를 끝내지 못한 밭작물들이 찬 서리를 맞으며 주인을 기다리고 있었다. 주로 노년층이 빈터에 씨를 뿌리고 농작물을 심는다. 놀이 삼아, 혹은 지나가는 길목에 빈터가 보이면 아깝다는 생각으로 일삼아 가꾸던 그들. 들녘에 방치된 농작물들을 보니, 문득 걱정이 스친다. 혹여 건강에 문제가 생긴 것은 아닐까. 홀로 살아가는 노인들이 많아지다 보니 불길한 생각이 스친다.

흩어진 곡식과 채소들, 한때는 곡식 한 알도 땅에 떨어지면 안 된다고 여겼던 시절이 있었다. 이제는 음식물이 넘쳐나는 시대. 풍족한 시대에 살고 있지만 그래도 아깝다. 도시의 무료함을 달래려고 심어놓은 밭작물은 먹거리라는 것보다 노인들 일거리이며 놀이였는지도 모르겠다. 그야말로 약 한 번 치지 않은 안전한 먹거리인데, 아깝다. 누군가 거두어 갔으면 좋겠다.

황수정 보석 같은 메주콩, 석류보다 붉은팥이 들판 위에 흩어졌다. 겨울의 보석들. 총각무와 배추, 파가 시름시름 앓는 듯 떨고 있다. 팥은 이미 껍질이 터져 선명한 붉은 빛을 드러내고, 메주콩은 꼬투리를 벌리고 알맹이를 내보이고 있었다. 누구도 거두어가지 않아 찬 서리가 내리는 밭에서 주인을 기다리고 있다. 나는 흩어진 팥이랑 메주콩을 집어 손바닥 위에서 굴려보았다. 놀랍도록 단단하게 영글었다. 입으로 살짝 깨물어 보니, 이가 부서질 것 같았다. 귀걸이나 반지로 만들어도 예쁠 것이다.

한때 먹거리가 귀하던 시절, 빈터를 일구어 작은 수확을 만들었던 부지런한 우리의 선조들이 떠오른다. 그들이 보았다면 무어라 할까? 지나가며 메주콩 꼬투리 하나를 따 보았다. 이 콩으로 메주를 띄우고 청국장을 만들면, 집안 가득 고소한 향이 퍼질 것이다. 청국장은 언제 먹어도 맛있다. 시큼한 깍두기를 넣고 끓이면 더 맛있다.

수입 농산물이 식탁을 채우는 일이 많아졌지만, 우리 땅에서 자란 곡식으로 전통 음식을 만들어 먹는다면 방부제가 첨가된 것을 피할 수 있어 안전하다.

수입식품이 나쁘다는 건 아니지만, 먼 나라에서 오다 보니 유통기간이 오래 걸릴 수밖에 없다. 전처리가 마음에 걸린다.

한 영화에서 할머니가 말한 대사가 떠오른다, "사람이 죽어서 썩지 않는 게 있다면, 아마 위장일 거야." 지나친 가공식품의 소비를 꼬집는 말이다.

예전엔 가난한 사람들을 위해 들판의 이삭을 남겨두던 시절이 있었다. 그 이삭들은 누군가의 양식이 되었지만, 오늘날 들판의 이삭은 아무도 줍지 않는다. 들녘을 걷다 보니 김장철인데도 배추밭에는 알차게 포기를 채웠는데도 팔리지 못한 야채들이 널브러져 있다.

들녘에 남은 곡식, 그 씨를 뿌린 이들의 식탁에 오르길 바란다. 그리고 우리 땅에서 나는 먹거리들이 앞으로도 우리의 밥상을 지키길 희망한다.

미완의 소설, 가족이 독자

단편 소설을 감히 써 보겠다며 처음 시도해 보았다. 평소 수필만 써 오던 내가 이번에는 단편 소설이라는 장르에 도전해 보고 싶었다. 그리고 몇몇 지인에게 내 소설을 읽어 달라고 부탁했다. 먹거리를 사 들고 가서 쓴소리도 좋으니 마음껏 평가해 달라고 말했다, 그들이 내 글을 읽은 후 솔직한 피드백이 된 것인지는 잘 모르겠다.

나 자신도 '정직한 평가를 해달라'고 말하면서도, 사실 칭찬을 받고 싶은 마음이 더 클지도 모른다. 내가 쓴 소설을 누군가에게 보여준다는 건, 알몸을 드러낸 것 같은 부끄러움이 동반된다. 그들이 어떤 평가를 할지 모르니 겁이 나기도 하고, 내가 무언가 잘못 쓴 것은 아닐까 걱정도 되었다.

읽고 퇴고하고, 빼고 넣기를 반복하다 보니 이제는 내가 쓴 소설임에도 읽고 싶은 마음이 사라질 정도이다. 몇 번이고 고치고 다시 고친 글이지만, 완성되지 않았다. 이제는 더 이상 손대고 싶지 않다. 숙제처럼 남겨두고 생각날 때마다 써야 하겠다. 심지어 직접 녹음해서 소리 내어 듣기도 하고 혼자서 글을 완성하려고 별짓을 다 해 본다. 한 편의 단편 소설이 완성되기까지 퇴고는 진행형이다.

그래도 남의 글을 많이 읽는 것이 도움이 되지 않을까 해서, 지난해 단편 소설 당선작들을 찾아 읽어 보았다. 읽다 보니 그저 평범한 내용이 대부분이었다. 하지만 '평범함 속에 비범함이 숨어 있다'라는 말처럼, 평범한 이야기 속에서도 남다른 감동을 할 수 있었다. 그래서 이번에는 꼭 읽어야 할 고전 단편 소설들을 찾아 읽기 시작했다. 나도향의『벙어리 삼룡이와 물레방아』, 현진건의『운수 좋은 날』,『B 사감과 연애편지』,『술 권하는 사회』같은 작품들이다. 모두 1900년대 한국 사회의 배경을 바탕으로 한 소설들이라 당시의 현실을 엿볼 수 있었다.

나도향은 19세라는 어린 나이에 작가로 등단했다. 26세에 위장병으로 젊은 생을 마감했다고 한다. 그의 아버지는 양의 사였고, 나도향도 경성 의학 전문학교 다니다가 적성에 맞지 않아 그만두었다고 한다. 그러고는 할아버지의 돈을 몰래 훔쳐 일본 와세다대학 영문학부에 입학해 문학에 전념했다고 한다. 그의 짧은 인생에서도 문학에 대한 열정은 뜨거웠던 것이 분명하다. 최인호 작가도 고등학생 시절에 등단했다고 하니,

이런 천재 작가들을 보면 감탄할 수밖에 없다.

내가 읽은 현진건의『술 권하는 사회』와『운수 좋은 날』역시 그 시대의 비극적인 현실을 담고 있었다. 특히 '운수 좋은 날'은 죽어가는 아내에게 욕설을 퍼붓는 남편의 이야기가 충격적이었다. 그들의 대화 속에는 부부의 존엄이나 존중 같은 것은 찾아볼 수 없고, 욕설과 비참함으로 가득 차 있었다. 읽는 내내 이런 거친 표현이 꼭 필요한가? 거친 말과 욕설이 독자를 몰입하게 하는 효과가 있는지 모르나 나는 읽고 있는 내내 마음이 불편했다. 작가는 그 시대에 빈곤하게 살아가는 사람들의 삶을 반영했을 것이다. 어쨌든 나도향, 최인호 작가들은 10대에 글을 썼고 작가가 되었다. 그런데 나는 늦은 나이에 글을 쓰고 소설을 써 보겠다고 감히 모험하고 있는 것인가? 어찌 보면 어처구니가 없는 일 같기도 하다. 무식하면 용감하다고, 나야말로 생선 망신 꼴뚜기가 한다고, 내가 글쓴이들을 욕 먹이고 있는 것은 아닌지 모르겠다. 그만한 역량도 갖추지 못한 사람이 함부로 칼을 휘두르고 있는 것은 아닌지 반성한다. 문학소녀일 때는 글을 써 보겠다는 생각도 없었는데…

당시의 사회적 현실을 생생하게 묘사한 작가들의 능력을 인정하지 않을 수 없다. 그 시대를 살지 않았지만, 소설 속에서 그들의 고통을 간접적으로나마 경험할 수 있으니 좋지 아니한가! 소설의 매력은 그 시대를 반영하기 때문일 것이다.

내가 소설을 썼다고 하니, 아들이 흔쾌히 읽어 보겠다고 했다. 솔직한 평가를 부탁한다고 했지만, 내심 어떤 반응이 나올지 불안했다. 혹시라도 "엄마, 이게 소설이라고 쓴 거야?"라고 말이라도 하면 어쩌나 걱정이 앞섰다. 성당에 다녀왔더니 집이 텅 비어 있었고, 내가 출력해 둔 원고도 없었다. 조금 후에 아들에게서 전화가 왔다.

"엄마, 소설 잘 읽었어요. 차 안에서 읽었는데, 지루하지 않고 재미있었어요. 요양원 이야기가 현실적이더라고요."

나는 안도의 한숨을 내쉬며 물었다.

"재미있기만 하면 안 되는데, 좀 더 구체적으로 말해줄 수 있겠니?"

아들은 잠시 생각하더니 말했다.

"근데 강 씨 할머니가 갑자기 죽는 장면이 좀 어색했어요. 너무 갑작스럽게 느껴지더라고요."

아들의 솔직한 피드백이 고마웠다. 갑작스러운 죽음이 가능하다는 점을 설명해 주고 싶었다.

"사실이란다. 실제로 요양원에서 보았던 일이야. 마치 전기가 나가듯이, 예고 없이 갑자기 세상을 떠나는 경우도 있어."

심장병이 있는 사람들이 급작스레 사망하는 경우가 많다는 이야기도 덧붙였다. 그러자 옆에서 딸이 소설의 제목에 대해 의견을 내놓았다.

"근데 소설 제목이 '요양원의 일상'인 것보다는 '기다림'이 더 낫지 않을까요?"

강 씨 할머니가 딸을 기다리다 세상을 떠난 이야기를 생각하니, 그 제목이 더 적절하게 느껴졌다는 것이다. 가족들과 내가 쓴 소설에 대해 이렇게 대화를 나누고 있으니 쑥스럽기도 하고, 동시에 고맙기도 했다. 자신감이 부족해 완성되지 않은 글이라고 느끼지만, 가족들이 이렇게 관심을 주는 것만으로도 큰 위안이 되었다. 가족이 나의 첫 번째 독자가 되었고 소설은 아직도 마치지 못하고 기다리고 있다.

여름에 먹어야 제맛이다

여름이면 익은 감자와 옥수수의 향은 어린 시절의 기억을 깨우는 마법 같은 냄새다. 감자와 옥수수의 구수한 향. 뜨거운 김이 모락모락 피어오르는 이 소박한 간식들은 왜 이토록 우리의 마음을 사로잡을까? 강원도 산간에서 자란 감자와 옥수수는 단순한 먹거리를 넘어 여름의 추억을 소환하는 특별한 존재다. 한입 베어 물면 퍼지는 뜨거운 김과 고소한 맛이 더위조차 잊게 한다.

감자는 영양의 보고다. 엽산은 태아의 건강한 성장을 돕고, 비타민 C는 면역력을 강화하며 피부 건강에도 좋다. 소화가 잘돼 위장이 약한 사람들에게 특히 유익하다. 나는 감자로 만든 음식을 먹을 때마다 속이 편안해짐을 느낀다. 내가 좋아하는 '감자옹심이'는 과식을 해도 소화가 잘된다. 늘 소화가 안돼 끼니를 거르는 나에게는 반가운 음식이다. 삶은 감자는 소금에 찍어 먹거나 설탕을 찍어 먹어도 좋다. 나는 단 것이 좋아 설탕을 찍어 먹는다.

또한, 감자는 피부 진정 효과가 뛰어나 밭일을 마친 뒤 감자 팩을 한다. 덕분에 햇볕 아래서 오래 일해도 피부가 고운 편이라는 말을 듣는가 보다. 감자의 좋은 점만 있는 것이 아니다. 햇빛에 노출되어 푸르게 변하거나 싹이 트면 독성 성분이 생기니 주의해야 한다.

옥수수 역시 여름 식탁에서 빼놓을 수 없다. 강원도의 향토 음식인 '올챙이국수'는 옥수수 전분으로 만들어 독특한 맛을 자랑한다. 전통시장에서 흔히 볼 수 있는 강냉이튀김과 옥수수설기는 내가 좋아하는 간식이다. 옥수수 특유의 은은한 단맛과 구수한 향은 언제나 정겹고, 옥수수처럼 소박하지만 든든한 음식들은 우리의 일상에 자연스럽게 스며든다. 파란 껍질을 벗기면 하얀 옥수수알이 고르다. 하모니카라고 누가 말했던가? 적절한 표현이다.

어느 날, 등산을 마친 후 들른 식당에서 감자전과 막걸리를 주문했다. 하지만 양이 적어 아쉬웠다. 값싼 감자를 조금만 더 넉넉히 내주었더라면 좋았을 텐데. 결국 집으로 돌아와 직접 감자전을 해 먹었다. 넉넉히 만든 감자전은 만족감을 주었다. 바삭한 감자전 한입에 피로가 사라지는 듯했다. 감자녹말은 따듯할 때는 쫄깃하여 마치 찹쌀떡을 먹는 것 같다.

감자를 보면 고흐의 그림 '감자 먹는 사람들'이 떠오른다. 희미한 램프 불빛 아래 모여 감자를 나눠 먹는 이들의 얼굴에는 삶의 고단함이 고스란히 배어 있다. 가난이 물처럼 흐른다. 감자는 한때 가난한 이들에게 허기를 채우는 음식이었지만, 이제는 건강과 맛을 함께 전하는 소중한 자원이 되었다.

여름이면 외지에서 생활하는 아들 부부가 집에 오면 나는 감자전을 부친다. 기름에 노릇하게 부쳐낸 감자전은 더위를 견디게 해주는 작은 힘이 된다. 감자꽃은 화려하지 않다. 은근한 아름다움으로 수놓으며 메밀꽃처럼 보인다. 시골 아낙처럼 소박한 감자꽃이 피면 따주어야 한다는 것이다. 꽃을 그대로 두면 감자알이 작아진다는 것, 농민들의 지혜가 엿보인다. 땅속에서 자라나는 감자는 서민들에게 먹거리를 제공해 주는 소중한 양식이다.

한국인은 같은 재료로 다양한 요리를 만들어 내는 데 뛰어난 감각을 지녔다. 감자전, 옹심이, 감자떡, 감자만두까지. 우리의 음식은 해외에서도 충분한 경쟁력을 갖춘다. 실제로 많은 외국인이 한국 음식을 맛보고 감탄을 금치 못한다.

한 지인은 제사상에 감자와 옥수수만 올려놓으라고 말했다고 한다. 감자와 옥수수가 올라간 제사상이 그림처럼 떠오른다. 지인은 여름이면 감자와 옥수수를 한 바구니 담아 놓고 맘껏 먹는다는 말도 했다. 소박한 간식이 이토록 사랑받는 음식이다. 그만큼 감자와 옥수수는 단순한 먹거리를 넘어, 정겨운 추억과 따뜻한 위로를 주는 존재다. 나는 이 작은 보물들이 가진 가치를 다시금 되새기며, 더 자주 즐기려 한다.

감자와 옥수수는 뜨거운 태양 아래에서 자라난 여름의 선물이다. 구수한 향과 소박한 맛은 더위도 잊게 만드는 작은 축복. 오늘 저녁 감자와 옥수수로 만든 음식을 함께 나누며 여름의 정취를 느껴 보는 건 어떨까? 시원한 계곡에서 발을 담그고 먹으면 더 맛있는 여름 간식이다. 감자 한 조각에 마음까지 따뜻해진다.

침입자가 자기 집이라고 한다

깻잎보다 작은 참새 한 마리가 비닐하우스 안에 둥지를 틀었다. 천적으로부터 안전한 장소를 찾아 여기까지 들어왔겠지. 우리 부부가 하우스 안에 있으면, 본능적으로 경계하며 그 주변을 왔다 갔다 배회한다. 둥지 안의 새끼를 지키려는 필사적인 노력이다. 찌지찍 찌지찍 경고하듯 울어댄다. 어쩌면 이렇게 말하고 있는지도 모른다.

"우리 아가들이 불안해요. 빨리 나가 주세요." 주객이 전도된 기분이다. 주인은 우리인데, 참새는 마치 자기 집인 양 우리를 몰아내려 든다.

가끔 농장에 가보면 경운기 사이, 고물이 된 수레 안에 둥지를 튼 새를 볼 때가 있다. 천적을 피해 새끼를 지키려는 본능일 것이다. 그 천적은 뱀이다. 여기저기 위험을 피해 집을 짓는 걸 보면, 새들의 보호 본능이 얼마나 강한지 느껴진다.

언젠가 남편이 비닐하우스 밖에서 안으로 들어오려는 뱀을 봤다고 했다. 겁을 주어 쫓아내려 했지만 뱀은 미련을 버리지 못하고 버티고 있었다고 한다. 우리가 없는 틈을 노리고 있었던 것 같다. 천적을 피해서 어미 새가 집을 짓고 새끼가 태어났다. 뱀은 새끼를 노리고 있었던 것이다. 새끼가 있다는 것을 어찌 알았을까? 먹이사슬의 본능이 무섭다. 남편은 결국 긴 막대로 뱀을 쫓아냈다.고 말한다.

나 같으면 후려쳐 없애버렸을 텐데, 남편은 살려서 보냈다고 했다. 나는 무서운 천적은 없애야 한다고 생각한다. 특히 뱀은 유난히 싫다. 그런데도 꿈에서 가끔 뱀을 만난다. 첫 아이 임신했을 때는 꽃뱀을 베고 자는 꿈을 꾸기도 했다. 산에 가도, 남들이 못 보는 뱀이 왜 나는 보일까. 이상한 일이다.

참새 어미는 사방에 천적이 많아 결국 비닐하우스 안까지 들어와 둥지를 만들고 새끼를 부화시킨 것이다. 비닐하우스는 우리의 쉼터인데, 참새가 드나들 수 있을 만큼 엉성한 틈이 있었나 보다. 아마도 문이 열릴 때마다 어미 새는 수백 번, 아니 수천 번 오가며 둥지를 완성했을 것이다.

예전에 TV에서 본 장면이 떠오른다. 어미 새가 집을 비운 사이, 뱀이 둥지로 기어 들어 가 새끼를 집어삼킨다. 새끼의 작은 발가락만 뱀의 입에 보이는 장면. 어미 새는 눈앞에서 벌어지는 일을 지켜보며 날개만 파닥거릴 뿐이었다. 무력하게 안타깝게. 모든 생명체에게는 본능이 있다. 어미의 본능, 그리고 먹이사슬이라는 순환이 있다. 그렇게 자연의 순리로 돌아가는 것이다.

그 본능 때문에 새들이 천적을 피해 하우스 안으로 들어와 둥지를 튼 것이다. 농작물은 온갖 조류와 들짐승 때문에 남아나지 않을 때가 많다. 까마귀 떼가 전깃줄에 줄지어 앉아 있으면 히치콕 감독의 영화 '새'가 떠올라 소름이 끼친다. 혹여 공격이라도 받을까, 괜한 걱정을 하기도 한다.

새들이 몰려들면 사과나무의 열매는 남김없이 사라진다. 옥수수도 마찬가지다. 맛있게 익어갈 무렵이면, 어찌 알고 날아들어 싹쓸이해 버린다. 새들은 독수리를 무서워한다. 그래서 가짜 독수리를 만들어 높은 장대에 매달아 보지만, 처음에만 경계할 뿐 곧 알아차린다. 그것이 가짜라는 걸, 참으로 영리한 녀석들이다. '새대가리'라는 말은 조류에게 실례다. 그들의 활동을 가만히 지켜보면, 무척이나 명석하다. 가짜 독수리 따위엔 더 이상 속지 않는다.

땅콩을 심어도, 먹기 좋을 때면 새들이 먼저 반기고, 두더지가 뒤따라 덤빈다. 결국 우리 몫은 알맹이 없는 빈 껍질뿐.

그래도 생각해 보면, 산이 많은 강원도에 다양한 짐승이 살아 있다는 건 기쁜 일이다. 멸종되어 가던 동물들이 다시 늘어나고 있다는 소식도 들린다. 좋은 일이 아닌가!

비둘기, 꿩, 노루는 친숙한 만큼 무섭지 않지만, 역시 농작물의 가해자다. 콩, 야채, 고구마를 심으면 어린싹을 싹둑싹둑 잘라먹어 속상할 때가 많다.

짐승들의 피해를 막기 위해 남편은 울타리를 만든다. 많은 짐승이 우리 밭을 양식 창고 삼아 드나든다. 함께 나눠 먹고 살아가는 셈이다. 이쯤 되면 이 밭은 날짐승과 들짐승의 천국이다.

그래도 생각해 본다. 그렇게 작은 미물의 생명체도 종족 번식의 본능은 이토록 강하구나 그러면서 부모와 자식의 관계를 떠올린다. 자식을 소유물처럼 여기고, 자녀의 의견을 무시하거나 학대하는 부모. 언론을 통해 종종 접하는 그런 사람들을 보면, 그래서 '짐승만도 못하다.'라는 말이 나오는가 보다.

우리 부부는 어미 새의 불안을 덜어주기 위해 하우스에 가급적 들어가지 않기로 했다. 밭에서 오래 일하고, 하우스에 들어가도 밥만 서둘러 먹고 자리를 비웠다. 참새가 둥지를 틀고 새끼를 키우는 동안은, 참새가 주인이다. 안전하게 새끼를 키워 날아갈 수 있도록 보호해 줘야겠다. 자연과 더불어 사는 것. 그 또한 나쁘지 않다.

한 알의 아스피린

시들어가는 화초를 살리기 위해 물 1리터에 설탕 한 스푼과 아스피린 한 알을 넣으면 꽃이 다시 싱싱해진다고 한다. 전날 밤, 나는 아스피린 한 알을 물에 넣어두고 잊어버렸다. 다음 날 아침, 녹아 있을 줄 알았던 아스피린은 하얀 바둑알처럼 그대로 남아 있었다. 물에 잠긴 지 24시간이 지났는데도 약은 전혀 녹지 않았다.

나는 그 물에 불린 아스피린을 보며 생각했다. 내가 먹는 약이 이토록 녹기 어렵다면 사람의 위장은 얼마나 강한 것일까? 염산이라는 강력한 소화액을 분비해 음식을 분해하는 위장. 그 강함이 없다면 인간의 생존도 불가능했을 것이다. 이 강력한 소화기관을 떠올리다 보니, 자연스레 하이에나가 생각났다.

하이에나는 사자보다 더 강한 턱 근육을 가졌고, 뼈까지도 통째로 삼키는 소화력에 놀랐다. 하지만 그것만으로 그들을 정의하기엔 부족하다. 하이에나는 큰 먹이는 직접 사냥하지 않고 사자나 다른 동물이 잡은 먹이를 빼앗아 먹는다. 뼈까지 씹는 소화력과 무리를 지은 단결력은 놀랍지만, 노력 없이 얻는 생존 방식은 어딘가 씁쓸하다. 그들은 하나로 뭉쳐서 무서운 생존 기술을 보여준다. 어찌 보면 비겁한 동물임이 틀림없다. 노력하지 않고 다른 동물이 잡아 온 먹이를, 무리를 지어 빼앗아 가는 것은 강도나 다름없다.

직접 먹이를 사냥하지 않는 이유는 무엇일까? 하이에나를 가만히 관찰해 보니 참 못생겼다. 울음소리도 겁을 주는 소리이다. 하이에나가 먹는 것은 곤충, 과일, 썩은 고기를 포함하여 못 먹는 것이 없다고 한다. 어찌 보면 정글의 청소부가 아닐까! 이런 동물도 필요하겠다는 생각을 해본다. 존재하는 것들은 나름대로 존재의 가치가 있음을 알겠다. 하느님의 섬세한 뜻이 있음을 새삼 느껴 본다. 사회에서 조직의 협력으로 성공을 거둘 때, 하이에나 사냥 전략으로 성공했다고 말하기도 한다.

녹지 않는 '아스피린' 한 알을 두고 사람의 위장의 강함과 무서운 하이에나 성질까지 떠올렸다. 한때 나는 세상이라는 정글 속에서 혼자 살아가기엔 너무나 두렵고 무서웠다. 내게도 하이에나의 강함이라도 빌려 세상에 맞서고 싶었다. 사자처럼 우아하게 군림할 수는 없더라도, 최소한 생존을 위협받지 않을 만큼 강한 존재가 되고 싶었다. 하지만 세월이 지나며 나는 깨달았다. 하이에나의 강함은 다른 생명을 희생시켜 얻는 것이라는 사실을, 스스로 사냥하지 않고, 노력 없이 남의 것을 빼앗아 살아가는 모습은 결코 환영할 수 없는 일이다. 그런 비겁한 강함은 닮고 싶지 않다.

내 것을 지킬 줄 아는 사람으로 살아가고 싶다. 남이 힘들게 얻은 것을 탐하지 않고, 내 노력의 결실을 기쁘게 받아들이는 삶. 물론 나는 여전히 부족한 점이 많다. 말과 행동을 절제하지 못해 후회하는 일이 잦고, 어리석은 실수로 부끄러움을 느낄 때도 많다. 때로는 자신을 지키지 못해 흔들리고 넘어지기도 한다. 하지만 그런 나 자신을 있는 그대로 받아들이려 한다. 부족하더라도 나만의 향기를 가지고, 나의 자리에서 최선을 다하는 것이 중요하지 않을까?

물에 쉽게 녹지 않는 아스피린 한 알을 보고 지금의 나를 돌아보았다. 세상에 맞서기 위해 남을 희생시키는 존재가 아니라, 내 자리에서 내 몫을 다하며 살아가는 사람이 되어 부족하지만, 내 작은 삶 속에서 남과 나눌 수 있는 기쁨을 만들어 가고 싶다. 강함이란 남을 누르는 것이 아니라, 나의 자리를 지키며 함께 살아가는 것임을 이제는 알겠다.

홍천 사과 축제, 일거양득의 날

김장을 돕지 못한 대신 사과를 사주겠다는 사위의 제안으로 홍천을 갔다. 비에 젖은 산허리엔 쌀뜨물 같은 안개가 내려앉았고, 을씨년스러운 날씨는 축제의 활기를 누그러뜨리는 듯했다. 비 오는 축제는 또 다른 정취를 품고 있었다. 맑은 날이었다면 떠들썩했을 풍경이, 빗방울 덕분에 차분하고 아늑하게 느껴졌다. 행사를 주관하는 입장에서는 맑은 날이 지속되기를 바라는 마음 간절할 것이다.

축제장 입구에서는 다채로운 먹거리의 향연이 발길을 붙잡았다. 따끈한 전과 막걸리, 펄펄 끓는 소머리 국에서 뜨거운 김이 연기처럼 피어올랐다. 비가 오는 날에는 국밥이 잘 어울리는 날씨다. 사과를 사겠다는 목적은 뒤로 미룬 채 먹거리부터 챙겼다. 온통 군것질하는 간식이 대부분을 차지하였다. 사과를 사기 전 주머니가 털릴 것 같다. 유혹의 목소리와 맛있는 냄새가 발길을 잡아끌었다. 주머니를 열어야만 지나갈 수 있을 것 같다. 그러나 우리의 목표는 사과였다. 올해 농산물값이 치솟아 사과도 금값이었다. 우리 부부는 사과를 사랑했다. 부담스러운 마음을 뒤로하고 발걸음을 재촉했다. 각기 다른 사과들이 각기 다른 향기로 식욕을 돋우었다.

축제장 끝에 다다르자 비로소 사과들이 모습을 드러냈다. 노란빛이 감도는 것, 붉은빛이 번지는 것, 큰 것, 작은 것까지, 다양한 모양새로 자신들을 드러내고 있었다. 사과의 모습은 농민의 모습이라는 생각을 했다. 가격표를 보고는 잠시 망설였다. 흠집 난 사과조차 저렴하지 않았다. 결국 손에 쏙 들어오는 크기의 사과 한 박스를 골랐다. 상자에 담긴 사과들은 하나같이 물에 씻긴 듯 반짝였고, 그 빛깔은 축제장의 모든 조명을 삼킬 듯 선명했다.

사과가 주인공인데 이면에다 배치한 것은 어떤 이유가 있을까? 사과를 사기 전에 군것질로 돈을 써 버릴 것 같다. 사과를 파는 곳이 중심이 되면 좋겠다는 생각을 했다. 입구서부터 사과를 만날 수 있다면 과수원 하는 사람들에게도 도움이 클 것 같다.

중앙 무대에서는 한 가수가 민요를 부르고 있었다. 관객은 많지 않았지만, 그녀의 열창은 축제의 심장을 뛰게 했다. 쉼 없이 노래를 이어가는 모습은 더없이 자신을 태우는 듯했다. 혼신의 힘으로 노래가 끝나고 그녀는 밝게 웃으며 무대를 내려 갔다. 어떤 직업이든 자신을 태우는 일이라고 생각한다. 사과 가 소비자에게 선을 보이기까지 농민들의 노력도 밤낮으로 이 어졌을 것이다. 비 오는 날씨 속에서 축제가 이어졌지만, 사과 를 사 가는 사람들이 많았나 보다. 배달해 주는 아저씨들의 발걸음이 가볍다. 나도 덩달아 가벼워졌다. 내가 하는 일도 잘 되면 좋지만 남이 잘돼도 흐뭇하다.

사과를 사 들고 우리는 홍천의 명소인 수타사로 향했다. 절 입구에 도착하자 상처 난 소나무들이 눈에 들어왔다. 일제 강 점기 때 송진을 채취하느라 생긴 상처들, 그리고 그 자리를 메 운 시멘트 자국이 선명했다. 소나무는 나라 잃은 아픔을 품은 채 서 있었지만, 그 상처 위로 자란 가지들이 자연의 회복력을 보여주는 듯했다. 사람도, 나라도, 자연도 이렇게 고통 속에서 다시 자랄 수 있음을 느꼈다.

나는 성격 탓에 일행을 앞서 혼자 산길을 올랐다. 산속의 적 막함은 등골을 서늘하게 만들었고, 혹시 모를 산짐승에 대비 해 나뭇가지를 하나 주워 들었다. 깊은 계곡 물소리는 맑고 경쾌했으며, 물 위를 떠다니는 낙엽들은 작은 종이배 같았다. 그 풍경 속에서 김삿갓이 떠올랐다. 산을 떠돌며 지팡이를 짚 던 그는 무슨 생각을 했을까? 그 지팡이는 혹시 자신을 지키기 위한 무기였을까? 그때 산길을 걷던 중년 남성 두 명이 내게 말을 걸었다.

"혼자서 가을을 즐기시는군요. 멋쟁이세요."

나는 미소로 대답했지만, 마음 한편엔 혼자 걷는 두려움과 낯선 사람과의 만남에서 오는 긴장감이 동시에 일었다. 산이 주는 평화와 인간관계의 복잡함이 묘하게 얽힌 순간이었다. 다람쥐가 빠르게 소나무를 타고 올라갔다.

산에서 내려와 주차장에서야 가족들과 다시 만났다. 혼자 걷는 동안 느꼈던 두려움과 고독은 다시 따뜻한 사람들 속으로 돌아가는 길을 만들어 준 셈이었다. 목표를 향해 걷는 길 위에서 문득 생각한다. 내 집념은 나를 어디로 이끌까? 산길 끝의 맑은 계곡물처럼, 언젠가는 나도 평온한 곳에 닿을 수 있기를 바라며 사과로 유명하고 수타사로 유명한 곳을 다 누린 날이다. 일거양득의 날 참으로 축복된 하루였다.

그녀를 바라보는 동안

카페 정원 한쪽, 한 여인이 누드로 바이올린을 켜고 있다. 검은 돌로 조각된 그녀의 모습은 눈길을 끄는 무언가를 품고 있다. 언뜻 보기엔 흑인의 피부처럼 보이지만, 이목구비는 동양적이다. 만약 이 조각이 하얀 석고로 만들어졌다면 전혀 다른 느낌이었을지도 모른다. 색이 주는 인상은 생각보다 깊고 뚜렷하다. 묘하게도 이 검은 조각상은 가까이서 봐야 전체 윤곽이 또렷이 드러난다.

약속한 사람을 기다리며 이 여인을 바라보게 되었다. 어느 순간 지루함도 잊고, 조각상에 깊이 몰입해 있었다. 가까이 다가가 보니 더욱 매력적인 얼굴이다. 길게 흐르는 곱슬머리, 연주에 집중한 표정, 자기 음악에 흠뻑 빠진 듯한 눈빛. 마치 실제 무대 위에 선 연주자처럼 생생하다. 매끈한 허리와 단단한 허벅지, 물방울이라도 떨어지면 튕겨 나갈 것 같은 탱탱한 가슴… 나도 그런 몸을 가졌던 시절이 있었던가. 그녀를 보고 있자니 부러움이 앞선다. 실제 인물을 모델로 했는지 모르겠지만, 조각가들이 탐낼 만한 신체 조건임은 분명하다.

그녀는 정말 바이올린을 전공한 사람이었을까? 조각에서 풍기는 분위기는 단순한 누드 이상의 예술성이 느껴진다. 하지만 동시에 마음 한편이 씁쓸해졌다. 여성을 아름답게 표현하려는 의도는 이해하지만, 왜 꼭 누드여야 했을까? 예술이라는 이름 아래 여성을 대상화하는 방식이 여전히 어딘가 불편하게 다가온다. 만약 그녀가 직접 모델이 되어 주었다면, 그 또한 용기였겠지만… 나는 마음속으로 조용히 되뇌었다. '이 정원엔 누드가 아닌, 옷 입은 여인의 조각상도 어울릴 수 있었을 텐데.'

그녀는 누구였을까. 조각가의 연인이었을까, 혹은 자화상이었을까. 리얼하게 표현된 얼굴과 몸, 매끈한 돌의 질감엔 아무런 손때도 묻어 있지 않았다. 누군가가 함부로 만지지 않았다는 뜻이다. 어쩌면, 너무도 예쁜 꽃을 꺾을 수 없어 바라보기만 하듯, 그녀도 그런 존재였는지 모른다. '손대지 마시오'라는 팻말이 그녀를 지켜주고 있기는 하였다. 사람들은 그저 조용히 감상만 하였나 보다.

언젠가 유럽 여행 중, 성당 입구에 서 있던 '성 베드로'의 조각상이 떠올랐다. 사람들의 손길이 닿는 그의 발은 반질반질

닳아 있었고, 한쪽 발은 아예 납작해질 정도였다. 그에 비해 이 여인의 조각상은 그 어떤 닳음도 없었다. 보는 이들의 매너, 혹은 그녀가 가진 어떤 신성함 때문일지도 모르겠다.

늦게 도착한 친구가 미안하다는 듯 연신 말을 보탠다. 나는 웃으며 말했다. "괜찮아. 그동안 저 바이올린을 든 여인과 데이트하고 있었어."

약속 시간보다 일찍 도착하는 편인 나는, 상대가 20분 늦으면 30분을 기다리는 셈이다. 초반 10분은 내 자발적 기다림이지만, 그 이후엔 조금씩 화가 나기도 한다. 그래도 오늘은 달랐다. 조각상과 함께한 시간은 책을 읽는 것처럼, 아니 그보다 더 몰입되는 경험이었다.

오늘은 그렇게 조각상과 데이트한 날이었다. 그녀 옆에서 사진을 찍고 싶었지만 비교된 자신이 초라해질 것 같았다. 예쁜 꽃 옆에서 이제는 사진을 찍고 싶지 않다. 상대적으로 더 초라하기 때문이다. 젊고 매끄러운 그녀의 몸과, 주름진 내 얼굴. 마치 시간의 흐름이 고스란히 대조되는 순간이었다. 하지만 이내 깨달았다. 그것 또한 자연스러운 일이라는 것을. 영원할 것 같은 조각도 언젠가는 빛을 잃고, 지금의 나도 한때는 반짝이는 존재였다는 사실을. 오늘 나의 기분도 조각같이 아름다운 그녀에게 질투를 했는지도 모르겠다.

카페 정원에 조형물이 있는 건 좋지만, 꼭 누드일 필요는 없지 않을까 싶다. 언젠가는 이 조각도 바람에 깎이고 비에 씻겨, 지금의 내가 변했듯이 그녀의 모습도 조금씩 달라질 것이다. 아무리 완벽해 보이는 것도 결국엔 사라지기 마련이다. 비바람에 풍화되지 않겠는가? 그렇게 되면 또 다른 조형이 대신하려나.

예술은 어쩌면 변하지 않을 것 같은 '찰나의 영원함'과, 언젠가 사라질 '시간의 그림자' 사이를 오가는 일일지도 모른다. 그 조각상 앞에서, 나는 조용히 그 진실을 이해하게 되었다.

문학과 함께 늙어가는 작가 부부

문학회에서 전상국 문학관을 방문했다. 우리를 맞이한 직원이 따뜻한 둥굴레차를 내왔다. 작가님의 부인이 미리 준비해 두셨다며, 정성 어린 손길을 전했다. 그 말 한마디에 마음이 따뜻해졌다.

전상국 작가님은 문학관을 만들게 된 이유, 그리고 산에 나무를 심고 가꾸는 일에 대해 들려주셨다. 문학을 하는 사람은 책을 많이 읽어야 하며, 자녀들에게 독서 습관을 길러주는 일이 중요하다고 강조하셨다. 그 말은 나 또한 내 자녀와 손자들에게 늘 해왔던 이야기이기에 더욱 공감이 갔다.

특히 인상 깊었던 건, 작가님이 아내에 대한 칭찬을 아끼지 않으셨다는 점이다. 많은 사람들이 배우자에 대해 타인 앞에서 이야기하길 쑥스러워하는데, 그는 달랐다. 자신이 오늘에 이르기까지 아내의 의견을 듣고 반영한 덕분이라며, 이 집을 짓고 숲을 가꾼 것도 모두 아내의 공이라 했다. 그의 말에는 꾸밈없는 진심이 담겨 있었고, 그 따뜻한 마음에 나도 모르게 행복해졌다.

문득, 나의 남편도 내 편을 들어줬으면 좋겠다는 생각이 들었다. '남편은 남의 편이라서 남편인가' 싶을 때가 있다. 아내 자랑, 자식 자랑은 팔불출이라며 삼가는 남편의 모습에 나는 때때로 서운함을 느낀다. 함께 살고 있지만, 마음 한쪽이 쓸쓸해질 때가 많다. 팔불출 소리 듣는 남편이었으면 좋겠다.

전상국 작가님 부부는 꽃과 나무를 사랑하는 자연주의자다. "나는 나무에서 잎사귀 하나라도 의미 없이 뜯지 않는다"라는 알베르트 슈바이처의 말처럼, 자연을 귀하게 여기는 사람들의 심성은 아름다울 수밖에 없다. 꽃이나 아기를 대수롭지 않게 여기는 사람도 있지만, 꽃과 아기는 언제 보아도 사랑스럽다. 작가님 부부의 정서도 그러했다. 두 분은 닮아 있었고, 함께 가꾼 삶은 평온해 보였다.

늙어 가는 시기에 마음이 맞아 꽃을 사랑하고 문학을 이야기하며 살아가는 그들의 모습이 참으로 부러웠다. 문학을 좋아하지 않는 내 남편과 나는 앞으로 어떤 재미로 살아가야 할까, 생각해 보게 된다.

그들의 궁궐 같은 집과 문학관, 그리고 사계절이 흐르는 자연 속 삶은 참 행복해 보였다. 보통 작가들은 경제적으로 어려운 경우가 많지만, 전상국 작가님은 자신의 글이 영화와 드라마로 제작되며 안정적인 삶을 이루셨다. 그것은 분명 존경할 만한 성취다.

1940년생인 그는 여전히 건강하고 활기차 보였다. 글을 쓸 때가 가장 행복하다며 웃던 모습이 기억에 남는다. 글쓰기를 하며 체중이 늘었다는 농담도 덧붙이셨는데, 좋아하는 일을 하며 살아온 증거일 것이다.

"네가 작가가 되면 내 손에 장을 지진다."는 스승의 말에도 불구하고 그는 대작가가 되었다. 어린싹이 어떤 나무로 자랄지 모른 채 꺾어버리는 것은 얼마나 잔인한가. 스승의 차가운 말에 그는 상처받았을 테지만, 그 말이 오히려 날갯짓의 힘이 되었으리라. 결국 그는 비상했고, 어린싹을 꺾으려 했던 그 말은 오히려 그의 성장에 발판이 되었다. 그는 이제, 그 누구의 싹도 함부로 자르지 않는 사람일 것이다.

선생님의 말 한마디가 아이의 꿈을 키우기도 하고, 좌절케 하기도 한다. 함부로 말하는 스승에게 상처받고도 끝내 성공한 그의 오기와 의지는 참 대단하다. 인생은 누구를 만나느냐에 따라 달라지기도 한다. 나는 지금도 아이들에게 가혹한 말을 쉽게 내뱉는 어른들을 볼 때마다 마음이 아프다. 그런 현실 속에서 전상국 작가님은 상처를 극복하고, 묵묵히 자신의 길을 걸어 결국 그 길 끝에 서 계셨다.

"성격이 운명을 좌우한다."라는 말처럼, 오늘 그의 강의를 들으며 그의 차분하고 온화한 성격이 성공의 밑바탕이 되었음을 느꼈다. 그는 아내에게는 좋은 남편, 자녀에게는 좋은 아버지였을 것이다. 훌륭한 부모, 평화로운 나라, 좋은 친구와 배우자. 그는 행복의 조건을 다 갖춘 듯 보였다.

큰 키에 두툼한 입술, 조용한 목소리로 차분히 이야기를 이어가던 그의 모습에서 깊은 내공이 느껴졌다. "물은 스스로 길을 낸다."라는 이치처럼, 그는 순리대로 걸어온 삶의 표본이었다. 『작가의 뜰』을 읽으며 그의 인맥과 삶 또한 스스로 닦아온 지혜였음을 알게 되었다. 명예와 물질을 동시에 이룬 보기 드문 인물이다.

마음을 비우면 오히려 채워진다는 사실도 배웠다. 전상국 작가님은 김유정 사업에도 헌신하며 김유정 문학관 조성에 크게 기여했다. 그의 노력이 없었다면 오늘의 실레마을도 없었을 것이다. 외진 강원도 마을이 전국적으로 알려지고, '김유정을 기억하는 문학 행사'가 열리는 것도 그의 덕분이다.

"한 사람의 의인이 나라를 구한다."라는 말처럼, 한 사람의 헌신이 한 마을의 문화지형을 바꾼 셈이다.

『작가의 뜰』을 선물 받아 단숨에 읽었다. 나무와 꽃 사진을 감상하며 글을 읽는 내내, 마치 천천히 산책하는 듯한 기분이 들었다. 연애소설보다 더 감동적이었다. 자연을 보고, 사색하고, 글로 풀어낸 작가의 세계는 한 편의 명상 같았다. 진솔한 글은 마음의 양식이 되었고, 책장을 덮을 즈음에는 배부른 듯한 만족감이 밀려왔다.

전상국 작가님의 부인은 참으로 행복해 보였다. 함께 걸어온 삶의 여정이 만들어 낸 깊고도 단단한 사랑일 것이다. 아내를 존중하고, 그 마음을 책으로 엮어 선물한 그의 마음이 곱고 부드럽고 오래도록 가슴에 남는다.

새처럼 나무처럼

겨울이 깊어질수록 나무는 더욱 앙상해진다. 잎을 다 떨군 겨울나무는 생선 가시처럼 뼈대만 남아 있다. 남김없이 벗겨진 알몸이다. 한 점 바람도 그냥 지나치지 못할 만큼 여린 가지는 그대로 찬바람을 받아 내고 있다. 아프지 않을 리 없겠지만, 겨울나무는 묵묵히 그 자리를 지킨다. 흔들려도 뽑히지 않고, 휘청여도 무너지지 않는다. 참 대단한 존재다.

나뭇잎은 가지에서 한평생을 달려 지냈건만, 떨어져서야 서로를 마주 본다. 땅 위에 흩어져 눕고 나서야 비로소 한데 모이는 것이다. 그렇게 낙엽은, 그렇게 나뭇잎은 이별 뒤에야 만남을 이룬다. 어쩌면 사람도 그러한가. 만나고, 스쳐 가고, 헤어지고, 그렇게 다시 만나기를 기다리는 존재. 바람처럼 지나간 사람들, 낙엽처럼 흩어진 인연들. 그중에서도 가장 오래된, 가장 뜨거운 이름 하나, 가족.

뼈대만 남은 겨울나무를 바라보다가, 문득 나의 가족들을 떠올렸다. 이제는 멀리 떨어져 버린 나의 형제들, 부모님, 우리가 함께였던 시간들. 어느 순간부터 우리는 자주 볼 수 없게 되었다. 어쩌면 영영 못 볼지도 모른다는 생각이 스치자 마음이 시렸다. 잎들이 가지에서 떨어지듯, 우리도 그렇게 떨어져 흩어져 버린 걸까.

나의 원가족, 나를 처음으로 '나'라고 불러준 그 사람들. 그리운 얼굴들이 있다. 한자리에 모여 웃고 떠들던 기억들이 있다. 언제쯤이면 그 낙엽들처럼 한 자리에 누워 서로를 다시 바라볼 수 있을까. 그때 우리는 지금보다 덜 가졌지만 더 자주 웃었고, 더 깊이 기대고, 더 따뜻하게 품었다.

한참 나무를 바라보고 있노라니, 가지 위에 날아든 새들이 보였다. 먹을 것도 마땅찮을 텐데, 어찌 알고 찾아왔을까. 생명은 그렇게 끈질기고, 관계는 그렇게 이어지는 모양이다. 바람 부는 가지 위에서 새들은 쉬었다가 다시 날아간다. 그 자유로움이 부럽기도 했다. 나는 어쩌다 이렇게 뿌리박힌 나무처럼 움직일 수 없는 존재가 되었을까. 때때로는 나도 날고 싶다. 어디든 갈 수 있고, 누구든 볼 수 있는 그런 새가 되고 싶다.

예전에 어떤 지인이 말한 적 있다. "내가 다시 태어난다면 기러기가 되고 싶어." 그 말이 오래도록 마음에 남아 있다. 기러기처럼 떼 지어 날아가고, 함께 머물고, 함께 사는 삶이 좋다고 했다. 그 사람은 외동딸이었다. 어릴 적부터 혼자였고, 혼자인 채 어른이 되었으며 지금도 혼자다. 그래서 기러기들이 부러웠을 것이다.

기러기 떼처럼 우리는 어릴 적엔 함께 자랐지만, 각자 보금자리를 찾아 날아갔다. 그리고 지금은 서로 너무 멀리 와 버린 듯하다. 연락은 줄었고, 만남은 더 줄었고, 마음은 어느덧 낯설어졌다. 사업이 바쁘다, 건강이 안 좋다, 시간이 없다―그런 핑계 뒤에 숨은 건 어쩌면 진짜 이유가 아닌지도 모른다. 멀어진 관계는 때때로 이유 없이 멀어진다. 나무는 그대로인데, 가지 끝에서 하나둘 잎이 떠난다. 그것이 삶이다.

나는 문득 우리 가족이 살던 옛 동네를 떠올렸다. 우리는 씨족 마을에서 이방인이었다. 물과 기름처럼 섞이지 못했다. 마을 사람들은 우리를 잘 받아들이지 않았고, 우리는 스스로를 닫아 버렸다. 외로웠다. 그래서일까, 그 시절 우리는 더 끈끈했다. 똘똘 뭉쳐 서로를 감싸안았고, 사소한 말에도 웃고 울며 하루하루를 버텨냈다. 가난했지만, 정은 넘쳤다. 그때는 돈보다 사람이 더 중요했다. 지금은… 글쎄, 물질이 많아졌는데 마음은 줄어든 듯하다.

나는 나뭇잎을 다 떨구고 홀로 서 있는 나무처럼 외롭고 쓸쓸하다. 그래도 나는 기다린다, 봄을. 가지 끝에 새싹이 돋고, 흩어진 잎들이 다시 모여 춤추는 계절을.

언젠가, 정말 언젠가는 그 기러기 떼처럼 다시 만나 웃고, 손잡고, 아무 일 없었던 듯 안아줄 수 있기를. 그날이 올까? 몰라도 기다려 본다. 자연도 그렇게 하니까. 나무도, 새도, 바람도, 시간도. 언젠가는 다시 꽃필 테니까.

발레 '세비야의 이발사'를 보고

같은 책을 읽어도 각기 다른 울림을 느끼듯, 무대 위에 펼쳐지는 이야기 역시 관객마다 다르게 다가온다. 이번에 가족과 함께 발레로 재해석된 〈세비야의 이발사〉를 관람했다. 익숙한 이야기였지만, 몸짓과 음악으로 다시 태어난 이 무대는 전혀 새로운 매력을 품고 있었다.

말로 인해 오해가 생기기 쉬운 세상에서, 말없이 감정을 전하는 무용수들의 몸짓은 오히려 더 깊은 인상을 남겼다. 주인공 피가로는 대담하고 자유로운 성격의 이발사이자 마을의 정보통이다. 사람들의 이야기가 그의 입을 통해 흘러나오고, 마을은 그를 중심으로 살아 움직인다.

이야기의 중심에는 명랑한 로지나가 있다. 그녀를 두고 젊은 귀족과 나이 든 후견인 바르톨로가 엇갈린 감정을 품는다. 피가로는 이 복잡한 관계에 능청스럽게 끼어들어 유쾌한 소동을 만들어내고, 무대는 생기 넘치는 에너지로 가득 찼다.

가장 인상 깊었던 장면은 무용수들이 보여준 절제된 아름다움이었다. 날렵한 몸매, 부드러운 동작, 학처럼 가볍게 움직이는 모습은 그 자체로 한 편의 시였다. 그 우아함 뒤엔 철저한 자기 관리와 수많은 인내가 숨어 있을 것이다.

과연 이들은 얼마나 많은 것을 포기하며 이 길을 걸어왔을까. 좋아하는 일을 업으로 삼는다는 것이 그들에게 어떤 무게로 다가왔을지, 공연이 끝난 뒤 잠시 생각에 잠겼다. 공연이 끝나자 남편이 문득 물었다.

"오늘 관객은 얼마나 되었을까?" 표가 얼마나 매진됐는지 궁금했던 모양이다. 노력한 만큼 그에 합당한 보상이 돌아가기를 바라는 마음이 느껴졌다. 창작자에게 적절한 보상은 현실적으로 아주 중요한 문제다. 좋아하는 일을 한다고 해도, 이슬만 먹고 살 수는 없지 않은가. 아무리 훌륭한 공연이라 해도 관객이 없고 반응이 없다면 허탈함이 남기 마련이다. 많은 이들이 무대를 찾아 주고, 작품이 널리 알려질 때 비로소 창작자들은 다음을 준비할 힘을 얻는다.

이번 무대에서 또 하나 감탄했던 점은 등장인물 간의 균형이었다. 누군가만 유난히 돋보이기보다, 모든 무용수가 하나의 흐름 속에서 조화를 이루고 있었다. "주인공만 빛나면 불공평한 것 같아."라는 딸의 말에 나 역시 고개를 끄덕였다. 모든 이가 제 몫을 다했기에 몰입할 수 있었고, 그 조화로움이 더욱 큰 울림을 주었다.

그리고 음악을 담당한 오케스트라는 무대 아래서 수고를 해 주었다. 춤과 음악에 빠질 수 없는 한 팀. 관객의 시선을 피해 자리를 지킨 오케스트라는 웅장한 선율로 무대 위 장면을 한층 풍성하게 만들어 주었다.

한 아이가 엄마 손을 꼭 잡고 "소리가 어디서 나?"하고 묻는 모습이 기억에 남는다. 나도 궁금했지만 흐름을 놓치기 싫어 조용히 자리를 지켰다.

좋은 공연을 더 많은 이들이 접했으면 하는 바람이 들었다. 영화 한 편 볼 비용으로 수준 높은 공연을 즐길 수 있음에도, 정보를 몰라 기회를 놓치는 이들이 많다는 게 아쉬웠다. 과거엔 문화 행사가 큰 부담이었지만, 지금은 다양한 지원 덕분에 쉽게 누릴 수 있는 시대다. 책을 가까이하고, 무대를 찾는 사람들이 많아질수록 우리의 삶도 더욱 따뜻하고 풍요로워지지 않을까.

이번 공연을 통해 무대가 전하는 감정뿐 아니라, 그 이면에 있는 이들의 묵묵한 노력과 열정까지 되짚어 보게 되었다. 짧지 않은 여운이 남는, 참 의미 있는 하루였다.

이제 '세비야의 이발사'가 필요 없는 시대다. 유튜브에서는 모든 소식을 실시간으로 전하고, 심지어는 거짓 소문조차 만들어 낸다. 오늘날의 이발사는 방송이 되었고, 그 위력은 막강하다. 변화한 시대 속에서, 그래도 우리는 여전히 무대에서 진짜 이야기를 찾고 있다.

쏟아진 것은 물만이 아니었다

　주방에서 한바탕 사고를 쳤다. 딸 가족에게 백김치를 담가 주려고 아침부터 분주했다. 사과, 배, 양파, 무를 갈아 믹서기에 넣고, 정성껏 즙을 만들었다. 그걸 싱크대 옆에 잠시 두고 다른 재료를 손보던 중이었다. 그런데, 팔꿈치가 무심히 그릇을 건드린 순간,

　"아뿔싸!"

　정성 들여 만든 야채즙이 하얀 물결이 되어 쏟아졌다. 바닥으로 흘러내리고, 내 바지에도 튀고, 주방 깔개 위로까지 번져 나갔다. 맹물과는 다르다. 그야말로 '이미 엎질러진 물'이었다. 단순히 흘린 물이 아니라서 더 난감했다. 그 자리에 멍하니 서서 한숨만 내쉬었다. 어린아이가 실수하고 도망가고 싶어지는 순간이 바로 이런 걸까. 누구도 대신 처리해 줄 수 없는, 내가 저지른 일.

　천천히 마음을 진정시켰다. 마른 수건, 젖은 수건, 물걸레까

지 총동원해서 닦고 또 닦았다. 그런데 참 묘하다. 그릇에 담겨 있을 땐 얼마 되지도 않던 양이 바닥에 쏟아지니 어찌나 많던지. 주방 절반이 야채즙 범벅이 되어버렸다. 닦아 내며 문득 이런 생각이 들었다. 왜 엎질러진 물은 항상 더 많아 보일까?

우리 인생도 그렇지 않나.

사람들과의 관계 속에서, 작은 오해 하나가 엎질러지듯 번져간다. 그 순간은 아무것도 아닌 듯하지만, 시간이 지나면 감당하기 어려울 만큼 커진다. 한 번 틀어진 관계는, 물보다 더 수습하기 어렵다. 물은 수건으로 닦으면 그만이지만, 사람 사이의 오해는 수건 한 장으로 해결되지 않는다. 마음의 틈이 생기고, 어느새 그 틈은 골짜기가 되어 버린다.

사람의 관계란, 유리그릇 같다. 조심스럽게 다루지 않으면 쉽게 금이 가고, 깨지면 다시는 쓸 수 없다. 오해가 쌓이면 미움이 되고, 미움은 냉담이 된다. 관계를 지키려면 섬세함이 필요하다. 시간이 필요하고, 성찰도 필요하다.

일단 쏟아진 건 다 닦아 냈다. 큰 수건 하나로 마무리하고, 따뜻한 차 한 잔으로 마음을 추슬렀다. 그리고 다시 야채를 갈기 시작했다. 어쩔 수 없다. 다시 시작하는 수밖에.

예전에는 그릇도 잘 안 깨뜨리고, 무언가 놓치는 일도 거의 없었는데… 요즘은 실수가 잦다. 글을 써도 오타가 늘고, 말도 자꾸 꼬인다. 균형감각이 예전 같지 않다. 나이 들어간다는 건, 이렇게 스스로를 자주 토닥여야 하는 일인가 보다.

산책을 마치고 돌아온 남편을 보니 괜히 짜증이 났다. 내가 부엌일을 할 땐 그 흔한 눈치 하나 없다. 늘 자상하고 다정한 사람이지만, 주방에만 오면 멀뚱멀뚱.

요즘 남편들은 요리학원도 다닌다는데, 우리 집은 강 건너 불구경이다. '오늘 남편이 옆에 있었다면, 쏟지 않았을까?' 별 것도 아닌 생각에 마음이 쓱 지나간다. 그러다 말지, 뭐.

이제는 나도 인정해야겠다. 예전 같지 않다는 걸. 철인처럼 뭐든 해내던 시절은 갔다. 지금은 내려놓는 법을 배우는 중이다. 욕심을 덜고, 계획을 줄이고, 마음도 정리하는 연습.

결국 백김치는 다 만들었다. 보기 좋게 두 통. 사이다처럼 시원하고 감칠맛 나게 익어가길.

딸은 늘 내가 반찬을 해다 주면 미안해하는 마음이 큰가 보다. 내가 해 줄 수 있는 건강이 있기에 가능한 일인데 맛있게 먹어 주면 나는 더 기쁜 일이다. 간접적으로 딸을 도울 수 있어서 나는 좋다. 맛있게 먹어 주고 잘 먹었다는 말로 충분하다. 사람 마음, 참 단순하다.

"맛있어요."

"잘 먹을게요."

“고마워요.”

이 한마디면, 수고가 감동으로 바뀐다. 그러니까, 오늘 엎질러진 건, 물이 아니라 살짝 늙어가는 나의 마음이었는지도 모르겠다.

애플 수박, 그 첫 번째 여름

『상록수』 소설 속 주인공을 닮은 젊은 귀농 부부가 있다. 도시에서 잘나가던 '차도남', '차도녀' 같은 이들이다. 말쑥한 차림에 늘씬한 몸매, 하얀 피부에 서구적인 이목구비까지—패션모델이라 해도 어울릴 법한 세련된 청춘들이다.

그들이 왜 시골로 내려왔는지는 들은 적 없다. 사연이 있을 터지만, 아직은 농사일이 어설퍼 보인다. 땅도 자신들의 것이 아니라 빌린 듯했고, 농사 지식이나 경험이 얼마나 되는지 가늠하기 어려웠다. 나는, 그들의 이상이 꼭 실현되길 바랐다.

『상록수』의 박동혁과 채영신이 농촌을 계몽하며 도왔듯, 이들 부부에게도 나름의 꿈이 있을 것이다. 내 밭 옆에서 일하니 그들의 하루하루를 자연스레 들여다보게 된다. 무엇을 심는가 했더니 '애플 수박'이었다. 큰 수박은 다 먹기도 부담스럽지만, 사과만 한 수박이라면 식구가 적은 가정엔 제격이다. 처음엔 생소했지만, 소비자에게 인기를 끌 수도 있겠다는 생각이 들었다.

나는 오가며 그들이 심은 애플 수박이 잘 자라길 마음속으로 기도했다. 첫 농사라 걱정도 됐지만, 열매는 건강하게 여물어 갔다. 무더운 여름, 매미 소리가 요란한 날이면 수박 생각이 난다. 요즘은 계절 없이 비닐하우스에서 키우지만, 그래도 수박은 여름의 과일 아닌가.

수확철이 와도 수박은 팔려 나가지 않았다. 젊은 부부도 보이지 않았다. 이상하고 안타까운 일이었다. 수확은커녕 밭에 수박이 그대로 방치되어 있었다. 내 농사도 아닌데 마음이 타들어 갔다. 당사자들은 얼마나 속상할까. 혹시 다툼이라도 벌인 건 아닐까 걱정되었다.

그렇게 시간이 흐르고, 어느 날 밭을 지나던 우리는 충격을 받았다. 잘 익은 수박이 그물망에서 뚝뚝 잘려, 머리통만 한 수박이 땅에 나뒹굴고 있었다. 결국 한 통도 팔아 보지 못한 채, 그들의 첫 도전은 허무하게 끝나고 말았다.

농사는 남이 한다고 무작정 따라하다 보면 실패를 한다. 아마 이 부부는 남들과 다른 걸 시도했다가 실패한 듯했다. 그들은 우리에게 수박을 먹어 보라 했지만, 우리는 끝내 한 통도 받지 않았다. 그 마음을 알기에, 도리어 더 받을 수가 없었다. 첫 실패를 디딤돌 삼아, 더 단단한 농민으로 거듭나길 바랄 뿐이었다.

이후 그들은 농기계를 하나둘 들여오기 시작했다. 수입도 나지 않았는데 비싼 농기계를 사들이는 모습이 걱정스러웠다. 마치 기계가 없어서 실패한 것처럼 보이기도 했다. 그러나 분명 나름의 계획이 있었으리라.

그리고 그들은 다시 시작했다. 이번엔 유기농법이었다. 약을 치지 않고, 잡초가 자라지 못하게 제초 매트를 깔았다. '내 아이에게 먹일 수 있는 농산물'을 짓겠다는 그들의 말에, 동혁과 영신의 마음이 떠올랐다.

이제는 그들과 함께 식사도 하고, 차도 마시며, 밭일하는 정을 나누는 사이가 되었다. 나는 그들이 이곳에 잘 정착하길 진심으로 바란다. 그림 같은 집을 짓고, 건강한 먹거리로 안정된 수입을 얻으며 여유롭게 살아가는 모습─그들에게 어울리는 삶이다. 한 번의 실패에 좌절하지 않고 다시 일어선 그들의 모습은, 참 싱그럽다.

어디서 많이 본 얼굴인데

울적한 마음을 달랠 길이 없어 어디론가 떠나고 싶었다. 어디든 좋았다. 하지만 그렇게 훌훌 떠날 만큼 마음이 가볍지도, 용기가 있지도 않았다. 발길 닿는 대로 길을 나서면 좋으련만, 일상의 모든 것들을 뒤로 미루고 누군가에게 부탁하기에는 미안했다. 결국 오일장을 갈까 하다, 뜨끈한 물이 그리워 목욕탕을 택했다. 사우나는 내가 즐겨하는 유일한 휴식처이다.

코로나의 위협이 한풀 꺾인 탓일까. 목욕탕은 다시 북적이고 있었다. 문득 예전으로 돌아간 것 같은 기분이 들었다. 사람들 사이에서 묵묵히 뜨거운 탕에 몸을 담갔다. 아무 생각도 하지 않으려 눈을 감고 애썼지만, 머릿속이 좀처럼 비워지지 않았다. 단톡방에 올렸던 글이 마음에 걸렸다. 괜한 고백은 아니었을까. 누군가를 불편하게 한 건 아닐까. 물속에 목만 내놓은 채, 나는 계속 생각에 잠겨 있었다.

그때였다. 누군가의 시선이 느껴졌다. 감은 눈 너머로 나를 바라보는 기척. 슬며시 눈을 뜨자, 중년의 여성이 나를 유심히 바라보고 있었다. 어딘가 익숙한 얼굴. 분명 어디서 본 적이 있는 그녀였다. 하지만 기억이 쉽게 떠오르지 않았다. 그녀는 여전히 나를 보며 고개를 갸웃거리고 있었다. 망설이다가 용기를 내어 다가갔다.

"저… 어디서 뵌 적 있죠? 기억이 잘 안 나서요."

여인이 슬며시 웃으며 말했다.

"전 잘 아는데요. 저만 기억하나 봐요?"

"정말요? 어디서요?"

"예전에 사우나에서 매점 하셨잖아요. 기억 안 나세요?"

순간, 잊고 있던 기억이 스르르 되살아났다. 그녀는 사우나 멤버 중 한 사람이었다.그땐 자주 얼굴을 봤지만, 정이 가는 사이는 아니었다. 매점에서 물건을 사주면서도 뻣뻣하게 굴던 모습이 아직도 선명했다. 그런 사람이 다시 내 앞에 있다니, 세상 참 좁다고 느껴졌다.

"아, 그랬군요."

간단히 인사를 건넸지만, 머릿속은 그 시절의 기억들로 가득 찼다. 그들은 남편 퇴근 시간에 맞춰 사우나를 빠져나가곤 했다. 뜨거운 한증막에 앉아 1킬로그램이라도 줄이겠다며 땀을 흘렸고, 몸무게가 조금만 줄어도 커피나 드링크를 쏘며 호들갑스럽게 웃었다. 몇 그램의 변화에 일희일비하던 그들. 지금도 이곳 어딘가에서, 그 시절처럼 비슷한 일상을 반복하고 있는지도 모르겠다.

사우나는 여인들의 천국이라고 나는 말하고 싶다. 그녀들은 사우나에서 모임을 하고 하루를 즐기며 보냈다. 사회에는 각종 동아리가 있듯이 사우나 모임도 하나의 모임이나 다름없다. 각자가 원하는 것을 즐기면 되는 것이다. 그녀들의 모습을 보면서 로마 시대의 목욕을 즐기던 여인들이 떠올랐다. 이보다 더 사치스러운 사람들이 있을까? 생각하면서 어쩌면 그녀들을 질투하고 시기하였는지도 모르겠다. 그녀들의 비위를 맞추며 친절을 베풀어야 하는 입장이었기 때문에 좋지 않은 시선으로 보았는지도 모르겠다. 그 질투와 시기심은 부러움이었다.

다시 눈을 돌리자, 그녀는 열탕에 몸을 담그고 있었다. 머리만 '수련'처럼 뜬 채 물속에 잠긴 모습이 나처럼 어떤 생각에 빠져 있는 듯하였다. 그녀는 나를 어떤 기억으로 남아 있을까를 생각해 보았다. 매점을 운영했을 때 나는 그녀들에게 넉넉한 인심으로 대하지 않았던 것 같다. 그녀들이 원하던 것은 '얼음'을 많이 주는 것을 좋아했다. 나도 '얼음'을 사 와야 하는 입장이다 보니 인색했는지도 모르겠다. 어떤 날은 나를 골탕 먹이려고 얼음을 마트에서 사 오기도 하였다. 그런 행동은 매점 운영하는 사람에게 무례한 행동이지만 그들은 그렇게 하였다. 은근히 나의 심기를 괴롭히기도 하였던 그녀들이었다. 눈을 감고 있으니 수많은 생각들로 더 복잡해졌다.

옥수수 같은 하얀 이를 가진 그녀가 활짝 웃는다

몇 걸음 앞에서 그녀가 나를 보더니, 눈웃음을 지으며 성급히 달려온다. 고른 치아를 환하게 드러내고 손을 흔들며,

"언니, 언니!" 소리친다.

급할 일도 없을 텐데, 누군가가 나를 이렇게 반가워해 주는 건 처음이다. 내가 감동을 준 적은 있어도, 아이가 엄마를 보듯 해맑게 웃으며 달려오는 사람은 처음이었다. 누군가를 향한 기쁨을 저렇게 솔직하게 표현하는 그녀를 보고 있으면 나도 절로 기분이 좋아진다. 심지어 내 동생들조차 이렇게 표현하지는 않는다. 그녀는 친밀감이 뛰어난 사람이다.

그녀는 예전에는 주변 사람들에게 따돌림을 당했다며 조용히 털어놓기도 했다. 그런 그녀가 지금은 눈부시게 화려하다. 중년이 넘은 나이에도 대리석 기둥처럼 날씬한 각선미를 자랑하려고 미니치마, 미니반바지를 즐겨 입는 그녀는 발랄하다. 발랄한 그녀가 나는 부럽다. 중년의 나이에도 천진한 아이 같

은 마음을 지니고 있는 그녀를 누구나 좋아할 것 같다. 균형 잡힌 몸매에, 매끄럽고 탐스러운 머릿결은 비단 같다. 한겨울인데 미니치마에 부츠까지, 어떤 모자를 써도 잘 어울리는 그녀는 자신을 사랑할 줄 아는 사람이다.

지나치면 피곤하겠지만, 자신을 아름답게 가꾸는 건 얼마나 보기 좋은가. '집과 여자는 가꾸기 나름'이라는 말이 칭찬인지 비하인지 모르겠지만, 자신을 돌보지 않는 것 보다, 보기 좋다.

진지하고 무거운 말로 분위기를 가라앉히는 사람보다, 가볍고 밝은 사람이 좋다. 사실 나도 진지한 사람 중 하나다. 그래서인지 실수해도 웃고, 모르면 솔직히 묻는 그녀가 참 정겹다.

"그게 무슨 뜻이에요?"

대화 중에도 거리낌 없이 묻는 그녀는 아이처럼 순진하다. 그래서 더 좋다. 모르면 가만히 있는 게 지혜라는 말도 있지만, 나는 그녀 같은 솔직함이 좋다. 사교성이 부족한 나에게 그녀의 붙임성은 나에게는 인간적인 따뜻함이다.

요즘 나는 의식적으로 먼저 손을 흔들고 반갑게 인사하는 연습을 한다. 말없이 점잖은 척하는 모습보다는, 모르면 물어보는 사람이 훨씬 가깝게 느껴진다. 구정 무렵이었다. 그녀가 돼지갈비를 했다고 사진을 찍어 카톡으로 보냈다. 빨간 당근을 동글동글 오려 장식하고, 밤도 곁들였다. 먹음직스러워 보인다며 댓글을 남기자 그녀가 말했다.

"조금 싱거워요."

그러고는 묻는다.

"언니, 멸치 육수 넣을 때 머리 떼야 해요?"

"통째로 넣어도 돼요. 잘하시면서 겸손도 하시네요."

내가 답하자, 그녀는 이렇게 답한다.

"언니는 센스쟁이야~"

나의 반응을 시험한 것인지도 모르겠다.

육십이 넘은 그녀는 여전히 애교가 넘친다. 그늘 하나 없는 사람이다. 맏이로 태어나 늘 진지하게 살아온 나와 달리, 그녀와 있으면 웃을 일이 많아진다.

"요즘은 살맛 나요,"

어느 날 그녀가 말했다. 예전엔 철없고, 주변 눈치도 잘 몰랐는데, 이제는 조금씩 보인단다.

차를 몰고 약속 장소로 향하던 날, 라디오에서 이런 말이 흘러나왔다.

"요즘 트렌드는 무겁고 진지한 사람보다, 가볍고 순박한 사람입니다."

똑똑하고 영리한 사람은 피곤하고, 오히려 부담스럽다고 한다. 문맹률 제로인 한국에서, 똑똑함이 피곤한 시대가 된 걸까.

노인의 지혜와 청년의 생기, 그 중간쯤의 모습이 이상형이란다. 청년에게서 어른을 보고, 노인에게서 청년을 보는 것. 요즘 사람들이 매력을 느끼는 모습이란다. 나도 그렇게 변해 보려 한다.

우아함과 품위가 때론 거리감을 만든다. 어쩌면 그런 모습이 '페르소나'일지도 모른다. '침묵은 금'이라지만, 싫은 사람과 말없이 함께 있는 시간은 때론 고역이다. 둘이 있어도 어색하지 않은 건, 아주 친한 사이거나 부부일 뿐이다. 조잘조잘 말하며, 옥수수처럼 가지런한 이를 드러내고 웃는 그녀가 나는 사랑스럽다. 동성 간에도 그녀가 매력 있는데 이성 간에는 더욱 매력을 느낄 수 있는 여성이다.

가끔은 상상해 본다. 피를 나눈 내 동생들이 나를 보고 손을 흔들며 '언니' 하고 달려오는 모습을. 그들은 마음도 물리적 거리도 천리만리에 있다.

"언니, 언니 보고 싶었어요."라고 말하는 사람이 있다면 좋겠다고 생각했는데 내 혈육보다 낫다. 오늘도 그녀에게서 카톡이 왔다.

"언니가 나를 인정해 줘서 감사해요."

그녀는 오늘도 나를 웃게 만든다.

젊은 부부에게서 배운 것

이른 아침, 아들과 며느리는 부지런히 하루를 시작한다. 아들은 새벽 수영 강습을 받고, 며느리는 요일에 따라 요가를 한다. 두 사람 모두 건강한 몸과 밝은 얼굴로 하루를 맞이한다. 아들은 경쾌하고, 며느리는 한층 날씬해졌다. 규칙적인 생활과 자기 관리를 실천하는 모습이 보기 좋다. 소 잃고 외양간 고치는 것보다는 낫지 않겠는가. 두 사람의 삶은 균형 잡힌 '워라밸'의 전형처럼 보였다.

얼마 전 아들은 비서실로 인사이동을 했다. 업무는 훨씬 많아졌고, 신경 쓸 일도 늘었다지만, 아침에 출근하는 모습은 여전히 에너지가 넘친다. 잘 다려진 슈트를 입고 현관을 나서는 뒷모습이 더욱 든든해 보였다. 그러나 밤이 되면 전혀 다른 얼굴이다. 온종일 모든 에너지를 소진한 듯 축 처진 어깨, 말없이 소파에 앉은 채 잠시 멍하니 있는 모습은 마치 마라톤 완주 직후의 선수 같았다. 이 시대의 모든 직장인이 그렇지 않을까.

그런 와중에도 아이와 시간을 보내기 위해 자신만의 여유는 뒤로 미룬다. 지친 몸으로도 아이와 놀아주는 모습에서 진정한 행복의 단면을 본다. 고단하지만 따뜻한 일상, 그 속에 가정의 본질이 담겨 있다.

우리는 아들 집에서 4박 5일을 머물렀다. 원래는 일주일 정도 있을 예정이었지만, 서로의 생활 리듬을 해칠까 싶어 일찍 돌아왔다. 아무리 가족이라도 각자의 리듬은 존중되어야 한다. 며느리의 사람 좋은 성격 덕분에 불편함 없이 지낼 수 있었다. 고마운 마음뿐이다. 사람이 아무리 좋아도 적당한 거리는 필요한 법이라는 걸 다시금 깨달았다.

아들이 사는 곳은 바다와 곡창지대를 품은 호남 지역이다. 도착하자마자 삶은 가리비와 석굴을 먹었는데, 바닷가에서 갓 잡아 온 것이라 그런지 맛이 일품이었다. 바다가 가까운 이들은 언제든 이런 신선함을 누릴 수 있다니 부럽기만 하다. 내륙지방에 사는 우리는 아무리 유통이 빨라져도 이 맛을 온전히 느끼긴 어렵다. 덕분에 귀한 경험을 했다.

아들 집까지는 승용차로 여섯 시간이 걸린다. 대전쯤에만 살아도 왕래가 수월했을 텐데, 갈 때마다 거리가 멀게 느껴진다. 손자가 우리 집에 올 때는 지루한 시간, 차 안에서 몸부림치기도 한다. "언제 도착해?"를 반복하며 차 안이 뒤숭숭해진다. 그럴 때면 아이를 달래느라 며느리는 애를 먹는다. 게임을 하도록 허락할 수밖에 없는 지루한 시간이다.

남쪽 지방은 기후도 따뜻하고, 아파트 조경엔 이국적인 식물들이 자라고 있다. 이곳에 오면 정말 다른 나라에 온 것 같은 기분이 든다. 동남아에서 보았던 식물들이 흔하다. 겨울이면 얼어서 죽어버릴 것 같은 추위에 약한 나무들이 이곳에 오면 꽃도 피어 있고 열매도 열린 것을 볼 수도 있다.

공공기관의 지방 이전으로 아들도 서울을 떠나 이곳으로 오게 되었다. 노무현 대통령 시절, 수도권 집중을 완화하고 지역 발전을 도모하기 위해 시행된 정책이었다. 이 변화가 지역 사회에 어떤 영향을 미칠지는 시간이 말해줄 것이다.

아들 부부의 삶을 따라 며느리 부모님도 살던 곳을 떠나 딸 가까이에 정착했다. 서로 의지하며 살아가는 모습이 보기 좋았다. 사돈과는 조심스러운 사이지만, 언젠가 막걸리에 홍어회를 곁들여 소박하게 나누는 자리도 참 좋았다. 자식을 함께 둔 사이인데 격식보다는 정이 앞서야 하지 않을까.

그럼에도 사돈 부부는 늘 예의 바르고 정중하게 우리를 대한다. 그 배려가 고맙고 따뜻하다. 가끔은 내가 더 편하게 대하지 못한 것 같아 마음이 쓰이기도 한다.

며느리를 보며 느낀다. 이제 가정에서 여성의 역할은 더 이상 희생이나 헌신에만 머물지 않는다. 아들은 퇴근 후에도 가사와 육아를 자연스럽게 분담한다. 딸과 사위 또한 마찬가지다. 집에 도착하니 사위가 서너 가지 반찬을 정성껏 차려놓았다. 예전에는 상상하기 어려웠던 모습이다.

이제는 시대가 바뀌었다. 산업화의 흐름 속에서 삶의 가치와 역할도 변화했다. 부모 세대라 하여 예전의 방식만을 고집해서는 안 된다. 젊은이들의 합리적 사고와 삶의 방식을 존중할 때, 우리도 존중받을 수 있다. '꼰대'라는 말을 듣고 싶지 않다면, 우리부터 먼저 마음을 열어야 한다.

아들 부부의 삶을 보며 많은 생각을 했다. 내 남편도 내 아들에게서 배웠으면 싶은 마음이 드는 건 어쩔 수 없다. 물론 오래된 습관과 사고방식은 쉽게 바뀌지 않는다. 하지만 누군가는 먼저 바뀌어야 한다면, 내가 먼저 해도 좋을 것이다.

손자와 웃고 떠들며 보낸 시간은 짧았지만 깊었다. 돌아오는 길, 뒷좌석에서 외손자가 고개를 떨구고 잠이 들었다. 젊은 부부의 삶은 새롭고 합리적이며, 또 배울 점이 많은 생활이었다. 그들 덕분에 나도 한 뼘 자란 기분이다.

천오백만 원짜리 나무가 준 족쇄

"이 소나무 한 그루가 얼마인지 아세요? 천오백만 원이에
요."

정원에 들어서자마자 친구의 남편이 자신이 가꾸는 분재를
자랑했다. 나는 속으로 '헐' 소리가 나왔다. 대체 왜 이런 말
을 하는 걸까? 돈 자랑인가, 아니면 취미에 대한 자부심일까?
소나무의 가치가 이렇게 높다는 것을 말하는 걸까? 분재가 취
미라 하지만 소나무 한 그루에 천 단위가 넘는 가격이라니, 내
상식으로는 이해하기 힘들었다. 천 단위의 나무를 세 그루나
샀다고 자랑한다.

그가 자랑하는 정원은 분재로 가득 차 있었다. 사람이 겨우
지나다닐 길만 남기고 나머지는 온통 유실수와 분재였다. 그
의 손길은 전문가 같았다. 내가 관심을 보이자, 그는 분재 하
나하나를 애무하듯 손으로 만지며 가격을 일일이 설명했다.
마치 내가 나무를 사러 온 사람이라도 되는 양.

"꽃 필 때 정말 멋있어요. 지나가는 사람들도 여기서 사진 찍고 가요."

그는 봄부터 가을까지, 꽃에서 열매까지 자랑을 늘어놓았다. 나는 그저 감탄을 연신하며 들어주었다. 겨울인데도 분재에 매달린 얼어붙은 배 하나를 보여주며, "이게 얼마나 신기해요?"라고 말했다. 표정을 놓치지 않고 내 반응을 살피며 그는 자부심을 드러냈다. 나는 적당히 맞장구쳤지만, 마당을 채운 분재들보다도 그의 열정이 더 부담스럽게 느껴졌다. 넘치는 것보다 모자람이 더 낫겠다는 생각을 했다.

이렇게 큰 집에 부부 둘만 산다는 것도 의아했다. 마치 '키다리 아저씨'의 저택 같은 느낌이었다. 물론 담장은 낮았지만, 이집과 정원을 가꾸는데 얼마나 많은 시간과 비용이 들어갈지 짐작이 갔다. 친구는 남편이 들으라는 듯, 내게 한마디 했다. 얼굴을 찌푸리며 "보이는 게 다가 아니야. 어려움도 많아. 여행을 가도 분재에 물을 누가 줄지 다투고, 더 이상 분재를 들이지 말라고 해도 남편은 여전히 고집을 부린다."라고 말했다.

친구의 그 불편한 마음 충분히 이해가 되었다. 친구 남편의 취미는 아내에게 다툼의 원인이 되고 짐이 되어가고 있었다. 그 말을 듣고 보니 이 부부는 정원수에 얽매여 살아가는 듯했다. 하루라도 물을 못 주면 나무가 생기를 잃으니 집을 비울 수 없다는 것이다. 분재가 그들의 족쇄가 되었다. 천국처럼 보이는 이 환경 속에서 살아가는 친구의 얼굴은 결코 편안해 보이지 않았다. 피로가 겹친 표정이었다.

"재테크도 된다고들 하지만, 보는 것만 좋을 뿐이야. 큰 소득은 없어."

친구의 짜증 섞인 말에서 남편의 취미가 그녀에게 얼마나 큰 스트레스가 되는지 알 수 있었다. 남편이 고집스레 사들이는 분재들은 그저 보는 눈을 즐겁게 할 뿐이었다. 친구는 이미 그 취미에 질린 듯 보였다. 친구 남편은 소나무는 매우 예민하여 자리를 옮기면 죽을 수 있다고 말하였고, 소나무의 품위를 만들기 위해서는 전문가에게 맡겨야 한다는 말도 하였다. 솔잎이 새순으로 나올 때 그토록 예쁜 잎은 본 적이 없다며 감탄한다. 전문가에게 맡겼던 솔잎 뽑기를 부부가 직접 한다고 한다. 비용을 아끼는 차원에서 그렇게 하는데 하루가 꼬박 걸리는 고된 작업이란다. 전문가가 방문해서 솔잎을 뽑아주는데 인건비가 몇십만 원 한다 하니 나는 어이가 없었다. 상품 가치를 높이려면 필수적인 과정이라고 말했다. 해마다 봄이면 그 작업을 한다는 것이다. 그야말로 닭털 뽑듯이 하나하나 뜯어내는 작업을 해마다 한다니 그의 열정이 대단하다. 그러니 친구가 스트레스 받을 만하다고 인정했다.

천만 원이 넘는 나무 하나를 위해 인건비를 주면서 솔잎 하나하나 뽑는 과정을 듣기만 해도 부담스럽다. 그러한 관리가 없으면 가치가 없어진다니, 그야말로 자기도취에 빠진 것 같았다. 그 사람에게는 분재가 자랑거리일지 몰라도, 그 취미는 오히려 그들을 속박하고 괴롭게 만드는 것은 아닌지 싶었다.

나는 이 대궐 같은 집도, 값비싼 나무들도 부럽지 않았다. 다만 그렇게 아름답게 꽃을 피워내는 기술만이 부러울 뿐이었다. 친구의 남편이 분재를 잘 키우는 능력은 대단했지만, 정작 친구는 그 행복을 충분히 누리지 못하고 있는 듯했다. 남편의 취미에 묶여 있는 삶이 그녀에게는 괴로움으로 다가오는 듯했다. 그러니 오죽하면 남편이 심어 놓은 넝쿨장미를 잘라 버렸다고 나에게 귓속말로 했을까.

당신, 오늘 좀 멋진데요

소머리곰탕을 먹을 걸 그랬나.

이따금 강물이 잿빛으로 흐를 때면, 나는 그 까닭이 궁금해져 산책을 나가곤 했다. 강둑을 따라 걷다가 무심코 고개를 들면, 하늘 역시 잿빛 구름으로 가득했다. 아하, 그래서 강물도 흐려 보였던 거구나. 하늘이 맑으면 강물도 푸를까? 문득 그런 생각이 들었다.

남편과 나란히 걸으며 조용히 물었다.

"강물이 왜 파란지 아세요?"

남편은 고개를 돌려 나를 바라보더니 빙긋 웃었다. '모르겠는데' 하는 얼굴이다.

"하늘을 품었기 때문이에요. 오늘 하늘 정말 맑고 파랗잖아요. 강물에 하늘이 빠진 거예요."

남편은 고개를 끄덕였다. 과학적인 설명을 더 믿는 사람인데도, 오늘은 내 낭만적인 말에 웃음으로 화답해 준다. 그런 그의 반응이 고맙고, 또 좋았다.

남편은 평소에 집 밖으로 잘 나가지 않는다. '주식 공부'를 해야 한다며 하루 종일 컴퓨터 앞에 앉아 있는 사람이다. 아침을 먹고 나면 곧장 작은 방으로 들어가고, 점심을 먹고는 소파에 누워 눈을 붙인다. 그리고 증시 시간이 다시 열리면, 마감까지 검색하고 분석하며 한 푼이라도 잃지 않으려고 연구하고 집중한다.

"전력을 다해야 장場에서 안 당하지."

그가 자주 하는 말이다.

그런 남편을 어렵게 설득해 소양강이 내려다보이는 카페에 함께 갔다. 커피와 빵을 주문하고, 창밖을 내다본다. 잔잔한 강물이 하늘빛을 품고 반짝인다. 그 풍경이 영화 같다. 메뉴판을 들여다보다 속으로 중얼거린다.

'이 돈이면 소머리곰탕 한 그릇은 먹겠는데…'

하지만 배경 좋은 영화 한 편 본 셈 치자. 그렇게 생각하니 커피값도 아깝지 않았다. 한때는 "커피숍 가서 뭐 하냐, 밥이 나오나, 국이 나오나" 하며 투덜대던 남편도 이젠 다르다. 커피잔을 천천히 돌려가며 향을 맡고, 한 모금 머금은 채 창밖을 바라보며 묵묵히 생각에 잠긴다. 내가 말을 걸지 않아도 괜찮다. 그저 함께 있는 것만으로도 충분한 시간이다. 나는 그런 남편의 옆모습을 조용히 바라본다.

집에서는 하지 못했던 이야기들을 꺼낸다. 말하는 사람도, 듣는 사람도, 그 배경 덕분인지 조금 더 마음을 열게 된다.

예전에 읽은 월간지 속 강연 내용이 떠올랐다. 강사가 청중에게 말했다.

"내가 아는 사람 20명을 적어보세요."

그러고는 하나씩 지우게 했다. 결국 마지막으로 남은 이름은 '남편'이었다고 한다.

나는 생각했다. 내게도 그런 20명이 있을까? 가족, 친구, 이웃… 모두 적당한 거리를 유지하며 살아가는 사이들이다. 하지만, 내 곁에는 늘 남편이 있다. 때로는 무뚝뚝하고, 면도하지 않은 얼굴로 잔소리도 하지만, 그래도 그는 항상 내 곁에 있는 사람이다. 그의 흰 수염이 문득 헤밍웨이를 떠올리게 할 때면, 나는 웃으며 말한다.

"당신, 오늘 좀 멋진데요"

그러면 남편은 말없이 빙그레 웃는다. 문학을 좋아한다면 더 좋은 남편, 그 점이 아쉬울 뿐이다. 그래도 내 '시집'을 며칠 걸려 읽고 나서 "아주 잘 썼어. 소재도 다양하고." 아마도 시 한 편, 한 편을 되새기며 읽었나 보다. 이렇게 말해 주는 사람이 곁에 있으니 좋지 아니한가.

그래, 나는 남편을 좋아하는 사람이다. 정나미가 떨어지는 날에 적과의 다툼도 있지만 내가 "카페 가자"라고 하면 말없이 따라와 주는 사람. 그가 내 곁에 있어 참 다행이다. 짝을 잃은 아내들은 한결같이 말한다.

"있을 때 잘해."

떠나고 나서야 실감하는 외로움과 쓸쓸함. 오늘, 남편과 함께 걷는 이 시간, 커피 한 잔 나누는 이 순간이 더욱 소중하게 느껴진다. 함께할 수 있다는 것. 그것이야말로, 진짜 행복의 조건 아닐까. 언제든 부르면 함께 하는 사람, 핑계 대지 않는 사람이 옆에 있다는 것은 분명 감사할 일이다.

밤사이에 일어난 이태원의 그림자

모처럼 세상모르고 깊은 잠에 빠졌던 모양이다. 아침에 일어나니 밤사이 무슨 일이 일어났는지 전혀 알지 못했다. 남편이 다가와 뭔가를 말하는데, 도무지 무슨 이야기인지 알아들을 수가 없었다.

"150여 명이 밤사이 죽었대. 우리나라 축제도 아니고, 핼러윈 축제에 가서 그렇게 됐다니, 이게 무슨 조화냐?"

남편은 혼잣말처럼 중얼대며 분노를 터뜨렸다. 나는 영문도 모르고 있다가 조심스레 물었다.

"누가 총이라도 쐈어요?"

매년 이태원에서 그런 축제를 한다는 사실조차 모르고 살았던 나는, 처음엔 남의 나라 이야기인 줄 알았다. 남편도 황당한 듯, 한국에서 벌어진 일을 마치 외국 뉴스처럼 전하며 화를 냈다. 젊은이들이 왜 남의 나라 축제에 동참하다가 그런 참사를 당했는지 모르겠다며, 어른으로서 안타까움과 분노를 동시에 표출했다.

아침에 배달된 신문은 이 사건을 대서특필했다. 사망자의 66.67%가 20대였고, 대부분 서울에 거주하던 젊은이들이었다. 지방에서 올라온 이들도 많았다. 도대체 핼러윈이 뭐기에 젊은이들이 그토록 열광하는지, 나도 궁금해졌다. 그래서 직접 검색을 해보았다.

"핼러윈데이는 매년 10월 31일 기념되는 서양의 전통 행사로, 현재는 세계적인 축제로 자리 잡았다. 유령, 마녀, 좀비 같은 캐릭터로 분장하고 사탕을 나누며 즐긴다. 이 축제는 켈트인의 사윈Samhain 풍습과 로마 제국의 농업 축제가 결합된 것이다. 켈트인들은 10월 31일을 죽은 영혼이 돌아오는 날로 여겼고, 로마의 축제는 작물 수확과 죽은 자를 기리는 의식이 함께 했다."라고 검색되었다.

코로나로 억눌린 자유를 이제야 만끽하고 싶은 욕망이 이런 폭발을 일으킨 건지도 모르겠다. 십여 년 전만 해도 관심조차 없었던 핼러윈 축제가, 이제는 이태원, 신촌, 홍대 등 도심 곳곳에서 열리고 있다고 한다. 그렇게 축제에 갔다가 죽음을 맞이한 것이다.

피해자는 대부분 10대와 20대였다. 그야말로 놀라 자빠질 일이다. 세월호 때도 10대들이 희생되었는데, 또다시 젊은이들이, 그것도 축제의 한복판에서 목숨을 잃었다.

물론 유령이나 좀비로 분장하고, 사탕을 나누는 것은 젊은 세대에게는 충분히 흥미로울 수 있다. 다양한 캐릭터로 자신을 표현하며 억눌린 감정이나 욕망을 표출할 수 있는 기회이기도 하다. 누구에게나 '페르소나'는 있다. 가면을 쓰고, 축제에서 마음껏 에너지를 발산하는 일은 오히려 정신건강에 도움이 될 수도 있다. 사고만 없었다면 말이다. 입시 경쟁에 억압받고 통제받는 10대, 20대 학생들에게는 해방 탈출구였을지도 모르겠다. 어쩌다 이런 참사가 일어난 것일까 대참사나 다름없다. 자연에서 일어난 지진도 아닌데 이렇게 많은 사람들이 한 장소에서 참사를 당했다니 놀라운 일이다. 그들의 부모들은 얼마나 경악하고 놀랐을까 150여 명의 목숨을 앗아간 대참사였다.

자식을 잃은 부모의 절규는 하늘이 무너지고 땅이 꺼지는 고통일 것이다. 자녀가 기침만 해도 대신 아프고 싶은 것이 부모 마음인데, 어느 날 밤, 말 한마디 없이 자식을 잃었다. 밤사이에 보물 같은 자식을 잃은 부모의 비통한 그 마음을 누가 헤아릴 수 있을까? 이 아픔은 자식을 잃어 본 부모만이 알 수 있는 고통이다.

사람들은 이번 사건으로 나라의 국격이 추락했다고도 말한

다. 지난해에도 같은 장소에 10만 명이 모였지만 사고는 없었
다. 당시엔 경찰 4천여 명이 배치돼 있었다고 한다. 그런데 올
해는 어쩌다 이런 일이 벌어졌을까? 경찰력이 용산 대통령실
쪽에 집중돼 있었다는 얘기도 들린다. 사전에 충분히 막을 수
있었던 일이다.

국가의 수장은 국민을 보호해야 할 의무가 있다. 그런데 이
렇게 소중한 생명들을 잃고, 대통령은 어떤 말을 할 수 있을
까? 42곳의 병원에 시신이 안치되어 있었다고 한다. 가족들은
그 혼란 속에서 자식의 시신을 찾기 위해 헤매야 했다. 자식을
잃은 슬픔에, 그들을 찾아야 하는 이중의 고통이라니. 이게 날
벼락이 아니고 뭘까?

한 자녀만 둔 가정이라면, 부모에게는 다 잃은 셈이다. 이 아
픔을 무엇으로 보상할 수 있을까. 전쟁도 아닌데, 한 장소에
서 이렇게 많은 생명이 사라질 수 있단 말인가? TV는 연일 이
태원 참사를 다룬다. 막을 수 있었던 사건을 막지 못한 책임
은 어디에 있는가. 슬픈 소식이 재탕되고, 누군가는 그 방송으
로 바빠 보인다. 마치 스포츠 생중계처럼. 누군가에겐 비극이,
누군가에겐 이슈거리다. 세상은 요지경이다. 정말, 아닌 밤중
에 홍두깨 같은 일이 아닐 수 없다. 축제는 끝나고 비극만 남
았다.

4부

가려움의 계절, 복분자의 유혹

가시에 찔리고, 풀독이 올라 온몸이 가려워 피가 나도록 긁어댔던 날이 있었다. 마치 구약성경에 나오는 욥이 사금파리로 온몸을 긁었다는 성경 속 한 장면처럼, 나도 몇 날 며칠을 손톱으로 긁으며 사경을 헤맸다.

미련스럽게 몇 날을 긁어대며 참다가 병원 문을 두들겼다. 병원 문턱조차 잘 넘지 않는 내가 그 가려움증만큼은 견딜 수 없었다. 처방 받은 약을 먹자마자 신기하게도 진정됐다. 욥의 시대에도 이런 약이 있었더라면 욥은 사금파리로 긁어대지 않고 편안했을 테인데, 기적이란 이런 것이 아닐까 싶다.

매년 6월이면 어김없이 복분자 수확 철이 돌아오고, 나는 또다시 그 유혹에 빠진다. 가려움도 복분자 따는 계절이면 반복한다. 내 몸에 잠재된 그 무엇인가는 6월이면 다시 부활하나 보다.

주렁주렁 달린 복분자 열매는 나를 유혹한다. 뱀이 이브를 유혹하듯이 말이다. 나는 그 유혹에 빠져 해마다 가려움증을 감수하면서까지 복분자를 따러 밭으로 간다. 대체 그 열매가 뭐라고, 해마다 같은 고생을 자처하는 걸까.

복분자딸기를 심은 지 어느덧 5년. 지인이 준 몇 뿌리의 줄기가 삽시간에 밭 전체로 번졌다. 걷잡을 수 없는 생명력으로 여기저기서 새순이 돋고, 뻗어나가고, 스치기만 해도 따끔하게 찌른다. 마치 복분자가 말하는 것 같다.

"이건 내 땅이에요. 침범하지 마세요."

영역을 넓혀가면서 번식하려는 이유를 알게 된 건 얼마 전이었다. 오래된 줄기, 그러니까 '엄마 줄기'는 시간이 지나면 스스로 고사해 버린다. 살아남기 위해서는 번식하는 수밖에 없다. 복분자의 생존 본능 앞에 고개가 숙여졌다. 자연의 법칙 속에서 살아남기 위한 투쟁. 경이롭고도 무서운 힘이다. 그대로 두면 밭 전체가 가시밭이 되어 버릴 테니, 때로는 뿌리째 뽑아내야 한다.

6월 초순부터 열리기 시작한 복분자는 중순쯤이면 먹음직스러운 자홍색으로 변한다. 딸기 같기도 하고, 블루베리 같기도 한 이 열매는, 사실 산딸기와 복분자가 교잡된 종이 아닐까 싶다. 겉으로 튀어나온 씨는 딸기를 닮았고, 맛은 산딸기와 복분자의 어딘가 중간쯤이다.

보리수처럼 수북이 열린 열매를 보면 그냥 지나칠 수 없다. 놔두면 바닥에 핏방울처럼 시뻘겋게 떨어져 버릴 테니, 어쩔 수 없이 손이 간다. 체리만큼 커다란 열매를 한 움큼 따 입안에 털어 넣는다. 씻지도 않고, 햇살과 이슬을 머금은 채로 우물거리며 먹는 그 맛! 매연 없는 산기슭에서 갓 딴 열매를 맛볼 수 있다는 건 분명 축복이다. 그야말로 햇살과 이슬을 간접적으로 다 먹었다. 찔리고, 풀독 오르고, 가려움에 시달려도 밭에 가는 발걸음은 늘 가볍다. 이 또한 삶의 기쁨이자 여유 아니겠는가.

2년 전부터는 복분자로 잼을 만들기 시작했다. 팔아 볼까 생각도 했지만, 굳이 그 수고를 자처하는 이유를 나도 모르겠다. 밭에서 막 따온 열매로 요거트에 넣어 먹고, 딸과 며느리에게 생과로 보냈다. 따면 딸수록 계속 열리는 복분자딸기. 냉동고에는 락앤락 통이 하나둘 늘어나고, 다른 음식들과의 자리 싸움이 벌어진다.

이럴 바엔 차라리 팔거나 넉넉히 나눠야 하는데, 그게 잘 안 된다. 나눔은 결국 비움이고, 욕심을 내려놓아야 가능한 일이다. 그걸 알면서도 마음 한구석이 자꾸만 주저한다. 열매를 따다 보면 늘 같은 일이 벌어진다. 손바닥 가득 채워놓고도 '하나만 더, 하나만 더' 하다가 결국 손에 든 것까지 와르르 떨어뜨리고 만다.

　욕심이 과하면 잃는 것도 많다는 걸 알면서도 잘 고쳐지지 않는다. 좁은 구멍에 손을 넣고 이것저것 움켜쥔 채 손을 빼지 못하는 동화 속 이야기가 떠오른다. 나도 그렇게 마음속 욕심 때문에 허둥지둥 손해를 본다. 손바닥 위에서 바닥으로 떨군 게 많아진다. 탐스러운 열매를 하나라도 더 따려다 결국 몇 개를 잃어버리는 나. 적당한 욕심, 적당한 비움, 적당한 나눔이 절실히 필요한 때다. 찔리고, 풀독 오르고, 가려움에 시달리며 힘들게 따온 힘든 과정이다.

　혹시, 시장에서 쉽게 산 것이라면 나눔도 쉬웠을까? 아니다. 결국 나는 인색한 사람이고, 핑계 많은 욕심쟁이일 뿐이다. 누군가에게 따뜻하게 건넬 수도 있었던 그 붉은 열매들을, 나는 자꾸만 움켜쥔다. 해마다 찾아오는 이 짧은 여름, 복분자 수확의 계절이 나에게 묻는다.

　"이번엔, 좀 비워 볼래요? 아니면 나의 유혹에 또 넘어올 건가요.?"

　유혹에 약한 것이 사람이라고 하니 나는 또 다시 가려움에 시달릴 것을 알면서도 너의 유혹에 빠질 것 같구나.

기차는 정원으로 간다

"현명한 사람은 정원으로 간다. -타고르-

우리는 정원으로 갑니다. -순천시-

우리는 정원에 삽니다. 순천으로 오세요!"

우리 가족은 용산역에서 출발하는 KTX를 타고 순천으로 향했다. 열차 칸은 대략 18개 정도였고, 그 많은 승객들 대부분이 박람회 관람을 목적으로 움직이는 듯했다. 객차 안 광고 문구가 인상 깊었다.

방송에서도 순천만국제정원박람회를 소개했던 기억이 떠올랐다. 순천시 인구는 28만 명으로, 내가 살고 있는 춘천과 비슷한 규모다. 그런데 순천은 34만 평의 갯벌을 메워 국가 정원을 만들었다. 사람 손으로 갯벌을 정원으로 탈바꿈시키다니, 세계적으로도 드문 사례가 아닐까? 그 넓은 대지 위에 살아있는 파란 잔디가 물감을 칠해 놓은 듯 펼쳐져 있었다. 인공이 아닌 생명으로 채워진 그 공간은 그 자체로 감동이었다. 그야말로 잔디로 메워진 그린 바다였다.

주말이라 그런지 전국 각지에서 몰려온 사람들로 북적였다. 조용한 도시에 살던 나에게는 사람 구경도 볼거리였다. 어디서부터 봐야 할지 몰라 발길 닿는 대로 걸었지만, 어느 곳 하나 허투루 꾸민 곳이 없었다. 그 많은 꽃들을 어떻게 모았을까. 화훼 농가의 수고와 식물 전문가들의 손길이 어우러졌기에 가능했겠지. '백문이 불여일견'이라는 말이 딱 어울렸다. 순천시의 노력과 끈기가 고스란히 느껴졌다.

KTX로 왕복 대략 5시간 30분 정도 걸린다. 교통비도 만만치 않지만, 그 모든 것을 감수하고도 충분히 가볼 만한 곳이다. 비행기가 있다면 참 좋겠다는 생각을 했다. 중국이 멀다고 느꼈지만, '톈진'은 인천에서 1시간 30분이면 공항에 도착하였다. 남의 나라 가는데도 이 정도 시간인데, 거리가 멀다는 생각을 하면서 좀더 가깝다면 참 좋겠다는 아쉬움이 남았다.

마치 해외여행처럼 기분 전환이 되었다. '금강산도 식후경'이라 했던가. 우리는 순천의 맛집 '연잎 연가'에서 식사를 했다. 자녀들이 검색해서 고른 곳이다. 연잎에 싸서 한 번 더 찐 찰밥, 그 위에 가지런히 놓인 정갈한 반찬들. 춘천에서도 연잎밥은 먹어 봤지만, 이 집만의 맛과 구성은 달랐다. 식사를 마친 뒤엔 진심으로 '잘 먹었습니다'라는 인사를 전하고 싶었지만, 식당이 붐벼 그저 서둘러 나올 수밖에 없었다. 그 아쉬움이 지금까지 남는다.

박람회장에는 주차장이 1주차장에서 3주차장까지 있었지만, 빈자리를 찾기 위해 몇 바퀴를 돌아야 했다. 입장 후, 메타세쿼이아 가로수길을 따라 산책하는 것만으로도 마음이 편안해졌다. 걷다가 멈추고, 나무 그늘 아래 앉아 사람들의 표정과 차림새를 바라보는 것만으로도 즐거웠다. 모두가 감탄을 머금은 얼굴, 편한 옷차림, 늘씬한 사람들이 멋을 부린 모습까지… 마치 공작새가 날개를 펼친 듯 화려했다.

그리고 그 안에서 느껴지는 공통점 하나, 다정함이었다. 가족, 친구, 연인들이 함께한 풍경은 보기만 해도 따뜻했다.

특히 장미정원은 그야말로 꽃의 향연이었다. 빨강, 주황, 노랑, 보라, 흰색, 분홍… 이름 모를 수많은 장미들이 저마다의 색과 향기로 방문객을 맞이했다. 꽃잎 하나하나가 붓으로 점을 찍어 놓은 듯 섬세하고, 향기는 굳이 코를 들이대지 않아도 주변 공기 속에 가득했다. 그 순간만큼은 장미에 취한 듯 넋을 잃고 서 있었다. 가장 많은 사람들이 머물던 곳이기도 했다.

1박 2일의 여정이라 가능했던 일정이었다. 단 하루, 그것도 반나절 만에 모든 것을 본다는 건 수박 겉핥기일 수밖에 없다. 곳곳에 작은 이벤트도 있었다.

노출이 다소 과한 복장의 여성 바이올리니스트가 아름다운 선율을 들려주기도 했다. 잠시 쉬어도 좋으련만, 쉴 틈 없이 연주를 이어가는 모습이 안쓰럽기도 했다. 은은한 꽃향기와 어우러진 바이올린 소리는 자연과 하나 되는 듯했다. 물결은 잔잔히 빛을 반사하고, 바람은 향기와 음악을 싣고 흘러갔다. 노랗게 익은 보리밭도 볼거리였다. 그 순간은 정말 영화 같았다.

놀라운 점은, 정원 안에 단 하나의 조형물도 없었다는 것이다. 조각품 하나 없는 공간. 오직 자연으로만 채워졌다는 점이 인상 깊었다. 이는 자연을 훼손하지 않고, 있는 그대로를 담아내려는 의지가 아니었을까. 대부분의 공원이 유명 작가의 조각품으로 시선을 끌지만, 순천은 '없는 것으로도 충분히 아름답다'는 걸 증명하고 있었다.

13개국의 정원도 전시되어 있었지만, 시간이 부족해 다 보지 못한 것이 아쉬움으로 남는다. 하지만 이토록 아름다운 공간을 만들어낸 건 분명 한국인의 부지런함과 성실함 덕분일 것이다. 자원이 부족한 나라에서 사람의 힘으로 자연을 이토록 아름답게 재창조했다는 사실이 자랑스럽다.

순천만국제정원박람회를 보고 돌아오는 길, 나는 다시금

‘한국에 살고 있음’에 감사했다. 비록 분단된 현실을 안고 살아가지만, 그 안에서도 우리는 끊임없이 삶의 아름다움을 만들어 내고 있다. 그날의 풍경과 향기, 감동은 오래도록 내 안에 남아 있을 것이다.

들깨는 해 뜨기 전에 털어야 한다

"들깨는 해가 뜨기 전에 털고, 참깨는 해가 중천에 떠 있을 때 털어야 한다."

카카오톡에는 하루에도 수많은 '좋은 글'들이 떠돈다. 누군가의 글을 마치 자신의 생각인 듯 공유한 글들이지만, 나는 그다지 반기지 않는다. 성의 없이 퍼다 나른 글에서는 진정성이 느껴지지 않고, 핸드폰 알림 소리는 내 집중을 방해하곤 한다. 때로는 진동 모드로 바꿔 두어도 그 미세한 떨림마저 신경이 쓰인다. 무엇보다도, 복사해 온 글보다 자신의 생각을 담은 진솔한 이야기가 더 감동을 준다고 믿는다.

그러던 어느 날, 무심코 넘기려던 카톡 메시지 하나가 눈에 들어왔다. 가을이 다가오면서 들깨를 수확해야 할 시기였고, 그 글은 내 마음에 이상하리만치 깊이 박혔다.

"들깨는 해가 뜨기 전에 털라."

농사를 시작한 지 20년이 넘었지만, 우리 부부는 해마다 똑 같은 방식으로 들깨를 털어 왔다. 바싹 마른 들깨를 햇볕 아래에서 도리깨로 두드리는 것이 당연한 일인 줄 알았다. 하지만 그 한 줄의 조언은 내 상식을 흔들어 놓았다.

결국 나는 그 방법을 직접 시험해 보기로 했다. 이슬에 젖은 들깨 단을 매트 위에 놓고, 안개가 걷히기 전 서둘러 도리깨질을 시작했다. 과연 해가 뜨기도 전에 들깨가 잘 털릴까? 의구심이 들었지만, 막상 바닥을 보니 싸리눈처럼 고요히 쌓여 있는 들깨가 눈에 들어왔다. 사방으로 튀지 않았고, 불필요한 가지나 잎들도 함께 떨어져 나오지 않았다.

평소처럼 햇빛이 쨍한 오후에 작업했다면, 잔가지와 마른 잎을 치우느라 진이 빠졌을 것이다. 단순한 조언 하나가 일을 이렇게나 수월하게 만들어 줄 줄은 몰랐다.

그리고 알게 된 또 하나의 사실. 참깨는 해가 중천에 떴을 때 털어야 한다는 것이었다. 참깨 꼬투리는 열렸다 닫히기를 반복하며 익어 가는데, 햇볕을 받으면 마치 나팔꽃처럼 활짝 열려 수확하기에 좋다고 했다. 단순한 일 같지만, 수확에도 때가 있고 방법이 있다.

퇴직 후 농사를 시작하며 배운 것 중 하나는, 농사에도 얼마나 많은 지혜가 필요하다는 사실이다. 경험도 중요하지만, 이미 그 길을 먼저 걸어간 이들의 이야기에 귀 기울이는 것도 큰 배움이 된다.

들깨도 참깨도 해가 중천에 떠 있을 때 터는 줄 알았는데 들깨는 이슬을 머금고 있을 때 털고, 참깨는 해가 중심에 떠 있을 때 터는 것이 손실 없이 수확할 수 있다는 것을 실감했다. 카톡이 주는 정보를 소홀히 여겼더라면 소중한 지혜를 배우지 못할 뻔했다.

가을은 흔히 '수확의 계절'이라 불린다. 농부에게 수확은 고된 노력의 결실이자 보람이다. 성경에 나오는 "울며 씨를 뿌리던 자는 기쁨으로 단을 거두리라"는 구절처럼, 농부는 긴 수고 끝에 비로소 기쁨을 맞이한다. 가을이 주는 풍요로움 이면에는 문득문득 스며드는 슬픔도 있다.

김유정의 소설 속 복만이는 가을이 오히려 결핍의 계절이었다. 수확한 곡식이 턱없이 부족하자, 그는 다섯 살 난 아들이 있음에도 아내를 소 장수에게 팔아넘긴다. 입 하나를 줄이지 않으면 가족 모두가 굶을 수밖에 없었던 시대. 일제 강점기라는 어두운 시간 속, 농민들의 피폐했던 삶을 떠올리면 지금 우리의 풍요가 얼마나 큰 축복인지 새삼 절감하게 된다.

요즘 황금빛 들판과 주렁주렁 열린 감나무를 보며 자연스레 감사한 마음이 든다. 들깨 수확을 하던 날, 카톡으로 받은 짤막한 글 하나가 내게는 큰 도움이 되었다. 때로는 작은 정보 하나가 인생의 조력자가 된다. 오늘도 그 지혜로운 글을 보내준 지인에게 고마움을 전하며, 생각한다. 작지만 따뜻한 나눔이 삶을 바꿔 놓을 수 있다는 사실을, 나는 이 가을에 다시 한번 배운다.

들판에 홀로 선 마음

가을이면 사과와 배가 붉고 노랗게 물든다. 가을에 수확하는 것이 한두 개는 물론 아니다. 해마다 가을이 되면 기도하듯 빈다. 올해는 제발, 농민들이 수고한 만큼 거두기를. 직접 농사를 지어본 뒤로 알았다. 흉년엔 팔 것이 없어 눈물짓고, 풍년엔 흔하다고 제값을 받지 못하는 현실, 농사는 들판 위에선 항상 바람을 거슬러 걷는 일이다. 도시 사람들의 지갑이 아무리 두터워도, 밥 한 숟갈은 땅을 일군 이들의 손에서 시작된다.

"사물은 언제나 누군가의 수고와 헌신의 결과임을 잊지 말아야 한다." 톨스토이의 말이다. 그는 농민을 사랑했다. 그 사랑은 말이 아니라, 실천이었다. 그는 땅을 나누고, 학교를 세우고, 끝내 자신의 삶마저 그들과 나눴다. 땅이 사람을 품었고, 사람은 땅에 몸을 기대어 살았다.

우리 부부는 사과를 좋아한다. 사과 하나를 손에 들면 그

너머의 노력이 보인다. 맛과 빛깔, 모양까지 소비자의 눈을 맞추기 위해 농민은 몇 번이나 손을 썼을까. 나는 손도 대지 않고 코 푸는 사람처럼, 그 수고를 거저 얻는다. 미안하면서도 고맙다. 정직한 땅과 그 위에 선 사람들의 땀방울이 입안에서 사르르 녹는다.

고향이 떠오른다. 호남평야. 지평선이 끝을 감춘 채 누워 있던 들판. 어떤 이는 그 넓음을 바다에 견주었고, 어떤 이는 침묵의 역사라 말했다. 일제 강점기, 가장 먼저 수탈당한 땅도 바로 그곳이었다. 그러나 그 땅은 여전히 곡식을 품어냈고, 나는 그 위에서 자랐다.

벼가 물들어가는 모습을 나는 좋아했다. 햇살을 받아 노랗게 익어가는 논은 마치 하늘 아래 펼쳐진 수채화 같았다. 자연은 가장 위대한 화가다. 그 앞에서 인간의 재주는 늘 배움이어야 한다.

고개 숙인 벼 사이로 참새 떼가 들이닥치면, 어른들은 그 작은 부리들이 벼 한 섬을 먹어 치운다며 화를 냈다. 아이들은 방과 후 곧장 들판으로 달려 나가, 손에 든 장대를 흔들며 소리를 질렀다. 석양이 들판을 물들일 무렵이면, 아이들의 목소리가 황금 들판 위를 덮었다.

허수아비는 언제나 그 자리에 있었다. 밀짚모자를 쓰고, 두

팔을 벌린 채, 묵묵히 들판을 지켰다. 처음엔 참새들도 속았지만, 곧 정체를 알아차리고는 허수아비의 어깨 위에서 졸기 일쑤였다. 허수아비는 허상일 뿐이었지만, 들판에서는 누구보다 외로이, 묵묵히 서 있는 존재였다.

그 허수아비에서 나를 보았다. 나는 놀고 싶을 때도 놀 수 없었던 애어른이었다. 동생들을 챙기며, 집안일을 도맡았다. 들판에 서서 하루 종일 새들을 지켜 낸 허수아비처럼, 나의 하루를 지켰다. 그리고 저녁이면 "수고했다"라는 말보다 "왜 이걸 제대로 못했니"라는 꾸중이 돌아왔다. 그래서 가을 들판을 보면 풍성함보다, 그 속에 숨은 고단함이 먼저 떠오른다.

요즘은 허수아비 대신 마네킹이 들판을 지킨다. 옷 가게에서 쓰다 남은 마네킹들이 황금물결 속에 줄지어 서 있는 모습을 보고 깜짝 놀랐다. 밤에 보면 귀신 같겠다. 패션쇼라도 열 듯 멋진 옷을 입은 그들은, 참새보다 사람을 더 놀라게 만든다. 과연 새들이 속아 줄까? 새들도 곧 알아챌 것이다. 가짜는 냄새가 다르니까.

밭 가장자리엔 대추나무 한 그루가 있다. 매년 대추가 알알이 붉게 익지만, 까치와 까마귀가 먼저 다녀간다. 사람 먹을 몫이 남지 않는다. 장대에 매단 가짜 독수리도 한철뿐이다. 결국 새들도 안다. 무엇이 진짜고, 무엇이 가짜인지를. 머리 둔한 사람을 '새 머리'라고 하는 말은 새들에게 모욕이 될지도 모르겠다. 그들은 영리한 '조류'이다. 사람에게 먹거리를 남겨준 새들에게 감사하다. 가을은 그만큼 풍성하고, 하늘이 준 선물이다.

농부의 기술만으로는 부족하다. 햇살, 비, 바람, 하늘이 돕지 않으면 그 어떤 결실도 입에 들어올 수 없다.

사과는 넉넉히 익고, 새들은 벼를 쪼고, 대추도 마음껏 탐해도 좋을 만큼 풍성한 가을. 그 풍요 속에서 나는 문득, 들판에 홀로 선 허수아비를 떠올린다. 그리고 어린 시절의 나를.

상처 입고도 열매 맺는 호두나무

밤사이에 호두나무 한 그루가 가지가 꺾이어 아프게 떨어져 있다. 비바람에 견디지 못하고 몸통에서 떨어져 나갔다. 건강한 나무는 어떤 시련에도 끄떡없는데 부러진 나무는 병이 들었다.

벌레가 구멍을 내고, 곰팡이까지 피어나는 와중에도 여전히 열매를 맺는 모습을 보여주었다. 생명력이라는 것이 이렇게 강인한가 싶어, 남편과 함께 나무를 돌보는 일에 마음을 쏟았다. 나무 주변은 말 그대로 벌레들의 천국이다. 호두나무가 벌레들에게 특별히 매력적인 성질을 지닌 듯하다.

우리는 병해충으로부터 나무를 지키기 위해 부지런히 애쓰지만, 그들은 우리를 앞서갔다. 어느 날 밭에 나가 보면 멀쩡하던 나무가 노랗게 잎을 떨구며 시름시름 앓고 있는 모습을 마주하기도 한다. 그럴 땐 당황스럽다. 마치 낮에는 멀쩡하던 아이가 밤이 되면 갑자기 열이라도 나는 것처럼. 몇 해를 정성 들여 키운 나무가 이유 모를 병에 걸린다. 그간의 노력이 한순간에 물거품이 된 듯 허탈해지고, 원인을 찾아 헤매지만 뚜렷한 해답은 좀처럼 나오지 않는다.

그 아픔을 남편은 말없이 치우고 또다시 그 자리에 어린 묘목을 심는 일을 반복한다. 마치 네가 이기나 내가 이기냐는 식으로 호두나무 갉아먹는 벌레들과 싸움이라도 하는 것 같다. 그 모습을 지켜보며 과연 누가 이길까 점쳐 보기도 했다.

우리만 이런 어려움을 겪는 것인가 궁금하여 매체를 통해서, 호두 작물 반 회원들을 통해서 물어보면 너 나 할 것 없이 같은 아픔을 겪고들 있었다. 마치 전염병처럼 퍼지는 듯해 마음이 더 무거워진다. 그럴 땐 허무함이 밀려온다. 애써 쌓아 올린 시간과 노력이 무의미하게 느껴질 때, 우리는 서로를 다독이며 술잔을 기울인다.

가을이 오고, 병해충에 시달리던 나무가 건강한 열매를 맺어줄 때면, 우리는 그 모든 고통 속에서도 감사함을 느낀다. '인내는 쓰고 열매는 달다'라는 말이 괜히 전해지는 게 아니다. 결국 벌레들의 극성에도 나무는 열매를 맺어 우리의 노력에 보답해 준다. 정성 들인 우리의 마음을 아는 듯하다.

나무를 바라보며, 사람의 관계를 떠올린다. 인간관계도 다르지 않다. 기쁨과 위로를 얻는 순간이 있는가 하면, 뜻하지 않은 상처 속에서 내공을 쌓아가는 시간도 있다. 어떤 이들은 쉽게 무너질 수 있지만, 상처를 견디고 부딪히며 조금씩 단단해진다. 사람의 마음도 나무처럼 병들기도 하고, 다시 회복되기도 한다.

종교 모임이나 작은 공동체에서 자주 보이던 사람이 어느날 갑자기 모습을 감추는 일도 드물지 않다. 마치 밤사이에 호두나무가 꺾이듯이 말이다. 오해가 생기거나, 마음에 걸리는 일이 생기면 관계를 끊는 쪽을 택하는 이들도 많다. 나 역시 가끔은 그런 선택을 하며 거리를 두곤 한다. 호두열매처럼 마음이 단단하게 다져지는 시간이 된다. 시련이 크면 큰 대로 그것이 자양분이 되는 경우도 있다고 믿고 싶다.

나무를 돌보며 점점 알게 된다. 병충해에 시달리고 상처 입어도 열매를 맺는 나무처럼, 사람도 고통과 아픔 속에서도 관계를 통해 성장하고 열매를 맺을 수 있다는 것을. 멀어짐 속에서도 우리는 무언가를 배우고, 다음 만남을 위한 힘을 얻는다.

나는 대인 관계에서 활발하거나 모든 사람과 능숙히 어울리는 '핵인싸'는 아니다. 그러나 나무처럼, 묵묵히 나만의 속도로 열매를 맺어가는 삶을 살아가고 싶다. 조용한 시간 속에서 책을 읽고, 사유하며, 내 안에서 자라나는 작은 열매들을 바라보는 것. 어쩌면 그 시간이야말로, 가을날 나무가 맺는 호두처럼, 내게는 가장 달콤하고 소중한 시간인지도 모른다.

어느 작가의 어머니

　황석영 작가는 어린 시절 단칸방에서 가족과 함께 지내며 끼니 걱정을 해야 할 정도로 가난했다고 한다. 그런 형편에서도 그의 어머니는 시장에서 『걸리버 여행기』를 사 들고 오셨다. 집에 쌀은 없어도 책은 있어야 한다는 듯, 마음의 양식을 먼저 챙긴 것이다. 어쩌면 그 한 권의 책이 작가의 삶을 바꾸는 문을 열어준 것은 아닐까. 황석영 작가는 회상한다.

　"우리 어머니가 그런 분이었습니다."

　그의 말은 오래도록 내 마음에 남았다.

　책을 읽는다는 건 단지 지식을 얻는 것이 아니라, 삶의 방식이 달라지는 경험이다. 그는 또 이렇게 말했다.

　"독서는 운동과도 같습니다. 처음엔 가볍게 몸을 푸는 것처럼 쉬운 책부터 시작하는 게 좋아요. 두껍고 지루한 책부터 들면 금방 지쳐요. 시집처럼 짧고 가벼운 글을 통해 독서의 즐거움을 느껴 보는 것도 좋죠. 물론 시도 어려울 수 있지만, 자신에게 맞는 책을 찾는 것이 무엇보다 중요합니다.”

나는 가능한 지인이 권해주는 책을 읽으려 한다. 그들이 왜 그 책을 추천했는지 궁금하고, 그 사람의 가치관과 세계관이 엿보이기 때문이다. 물론 권유받은 책이라고 다 내 마음에 와닿는 것은 아니다. 이해가 되지 않아 끝내 덮어버리는 경우도 있다. 하지만 거기서도 얻는 건 있다. 책을 통해 그 사람의 정서와 삶의 무늬를 엿볼 수 있기 때문이다. 내가 감동한 책이라고 해서 다른 사람도 같은 울림을 느끼리란 보장은 없다. 독서는 철저히 개인적인 경험이니까.

돌이켜보면, 내 독서는 외로움에서 비롯되었다. 친구가 없어서, 혼자가 익숙해서, 말보다 글이 더 편해서 책을 폈다. 어떤 책이 나와 맞을지 가늠하지도 못한 채 무작정 읽었다. 사람을 만날 때도 성향을 보듯, 책도 결국 나와 공통점을 찾아야 한다. 이해되지 않는 책을 억지로 읽는 것은 장님이 코끼리를 더듬는 것과 다르지 않았다. 내향적인 나는 늘 구석진 곳에서 책을 읽었고, 그게 세상과 연결되는 유일한 통로였다.

철없던 시절, 누군가 나이에 맞는 책을 권해주었더라면 나의 내적 성장에 큰 도움이 되었을 것이라는 아쉬움이 남는다.

때로는 이해도 안 되는 두꺼운 책에 도전하기도 했다. 대학생이 된 것처럼 가방에 책을 넣고 다녔다. 그러한 습관은 지금까지 이어지고 있다. 오복중에 하나라고 하는 독서 습관은 훌륭한 스승과 친구를 갖는 것이다. 언제 어디서든 책 한 권 있으면 지루할 틈이 없었다. 누군가를 기다릴 때, 어색한 순간을 무마할 때, 책은 늘 내 손에 있었다. 꼭 책이 좋아서만은 아니었을지 모른다. 텅 빈 시간을 감추기 위해, 나의 불안과 민망함을 덮기 위해 읽었던 것도 같다. 그렇게 만들어진 독서 습관은 지금까지도 내 삶의 일부로 남아 있다.

수많은 책들 사이에서 유독 기억에 남는 책이 있다. 헤르만 헤세의 『데미안』. 방황하던 시절에 이 책을 만났더라면 얼마나 좋았을까. 결혼 후에야 읽었는데, '내게 데미안 같은 친구가 있었다면 얼마나 외롭지 않았을까?' 하는 생각에 가슴이 아렸다.

도스토옙스키의 『카라마조프가의 형제들』도 깊은 울림을 주었다. 늘 다툼이 끊이지 않던 우리 가족의 모습과 겹쳤기 때문이다. 두 권으로 나뉜 그 두꺼운 책을 나는 마치 맛있는 간식을 몰래 먹듯, 야금야금 아껴 가며 읽었다. 빠르게 읽으려 하지 않았다. 인물들의 감정 하나하나를 음미하며 천천히, 아주 천천히.

러시아 소설은 이름도 길고 낯설지만, 그 속에 담긴 인간의 고뇌와 사랑, 증오와 구원의 이야기는 절대 낯설지 않았다. 아버지를 미워하는 아들, 아들이 사랑한 여인을 유혹하는 아버지, 그리고 결국 벌어지는 비극. 그 거대한 서사 속에서 나는 어쩌면 내 삶을 대입하고 있었는지도 모른다.

책은 훌륭한 스승이 된다. 내 부모님은 책을 권할 여유도, 관심도 없는 분들이었다. 하루라도 일을 쉬면 생계가 흔들리던 시절, '책 읽어라'라는 말 한마디조차 사치였을 것이다. 부자가 쉬면 '휴식'이 되지만, 가난한 사람이 쉬면 끼니를 걱정해야 한다는 말처럼, 우리 부모님에겐 하루하루가 전쟁 같았다. 그런 현실 속에서 내가 책을 읽을 수 있었던 건 오롯이 나의 선택이었다.

결혼 초, 형편이 넉넉지 않았다. 월급을 받으면 20일쯤 지나면 생활비는 바닥이 났다. 구멍가게에서 두부, 콩나물 필요한 것 등을 외상으로 가져왔고, 월급날이면 그것을 가장 먼저 갚았다. 어느 날 고춧가루를 사러 나갔다가 서점 앞에서 발길이 멈췄다. 오래전부터 읽고 싶었던 박완서 작가의 『엄마의 말뚝』. 망설였지만 결국 나는 고춧가루 대신 책을 들고 돌아왔다. 황석영 작가의 어머니처럼, 나도 그 순간엔 먹는 것보다 마음을 채우는 일이 더 절박했는지도 모른다.

그런데 내 자녀들은 문학에 큰 관심이 없어 보인다. 어쩌면 그들은 나처럼 마음이 허기지지 않았기 때문일까.

"오늘의 나를 있게 한 것은 마을 도서관이었다." -빌 게이츠-

“내가 알고 싶은 것은 책에서 배웠다.” -링컨-

“독서보다 더 좋은 방법은 없을 것이다.” -워런 버핏-

책은 늘 내 곁에 있었다. 그리고 앞으로도, 나는 책과 함께
할 것이다.

의사 선생님, 양치 못했어요

머칠 전부터 콧속이 따끔거렸다. 병원에 가야겠다는 생각만 하다 미루고 있었더니, 어느새 콧등이 빨개져 딸기코가 되어버렸다. 마치 누가 보면 알콜 중독자 코처럼 보일 것 같았다. 화장으로 커버를 했지만, 점점 부어올라 병원을 갈 수밖에 없었다. 염증이 생겼는지 붉은 피도 보였다. 병 같지 않아 미루기만 했는데, 갈 수밖에 없게 되었다.

결국 '이비인후과'에 갔다. 코가 아프니 당연히 콧속을 들여다볼 줄 알았는데, 의사 선생님이 다짜고짜 "입을 벌리세요" 한다.

당황스러웠다. 양치도 못하고 급히 나온 터라 입속이 엉망진창일 게 뻔한데 큰 창피를 당할 것 같다. '옷은 멀쩡하게 입고 온 여자가 양치도 안 하고 다니나?' 의사 선생님이 욕할 것 같았다. 점심에 오이소박이를 아삭아삭 씹어 먹은 기억이 생생했다. 물 한 컵으로 입안을 헹구었을 뿐이다. 아직도 입안엔 오이 향이 은근하게 남아 있고, 혓바닥엔 고춧물이 선명히 물들어 있을 것 같았다. 이럴 줄 알았으면 혓바닥이라도 박박 닦고 나올걸. 민망함이 몰려왔다. 그리고 치료하지 말고 집으로 돌아갈지 고민했다. 입을 벌리기 전에 나는 돌아가고 싶었다.

"선생님 코가 아프다고 했는데 왜? 입을 벌리라고 하시는가요? 제가 코만 보시는 줄 알고 양치를 안 했거든요,"라고 말하니 의사 선생님은 소탈하게 말씀하신다.

"괜찮아요. 가래 빼고, 콧구멍 들여다보고, 귓속 들여다보는 게 제 일이에요. 걱정하지 마세요."

나처럼 민망해하는 사람들을 자주 겪으셨는지, 오히려 능청스러운 편안함으로 나를 안심시켰다.

"저는 콧구멍만 보는 줄 알고 수건으로 깨끗이 닦고 왔거든요. 입은 안 보실 줄 알고 그냥 왔어요. 양치라도 하고 오는 건데…"

말끝이 흐려졌지만, 선생님은 아무렇지도 않은 표정이었다. 굳이 변명 안 해도 된다는 듯한 눈빛. 그 눈빛에 나는 조금 부끄러워졌다.

어릴 적 병원을 유난히 무서워했다. 몸에 종기가 나도 엄마에게 말하지 않고 꾹 참았다가 더 심해진 뒤에야 억지로 끌려가곤 했다. 눈에 띄는 상처는 몰라도, 옷으로 가릴 수 있는 상처는 그냥 참고 넘어갔다. 결국은 고름이 살 되는 것도 아닌데, 그저 무섭다는 이유 하나로 병을 키우기 일쑤였다. 고름이 터진 상처에 옷이 달라붙어 떼 낼 때도 아파서 죽는 줄 알았다.

언젠가 손가락 사이에 지푸라기가 깊숙이 박혔던 적이 있었다. 밤이면 손가락이 욱신거려 잠을 설쳤지만, 그 고통도 말없이 견디다 결국 병원 신세를 졌다. 내가 그렇게까지 병원을 무서워했던 이유는, 아마도 딱딱하고 차가운 의사 선생님들의 분위기 때문이었을 것이다.

오늘 만난 선생님처럼 다정하고 소탈한 분을 일찍 만났더라면, 어린 시절의 나는 조금 덜 겁을 먹지 않았을까. 요즘 '소아과'에는 아이들을 위해 사탕도 주고, 장난감도 주며 안심시키는 곳이 많다. 주사 좋아하는 아이는 없지만, 적어도 겁을 덜 느끼게 하는 노력은 고맙다. 주사의 공포는 덜 할 것 같다.

내 몸에는 어린 시절 그렇게 '참고 견딘' 흔적들이 군데군데 남아 있다. 그때는 왜 그렇게 종기가 많았을까. 아이들은 콧물을 줄줄 흘리고, 옷소매로 쓱 닦아 반질반질한 소매를 자랑(?)하던 시절이었다. 계절과 상관없이 노란 콧물은 아이들의 기본 액세서리처럼 따라다녔고, 초등학교 입학할 땐 왼쪽 가슴에 손수건을 달고 다니던 때였다.

지금은 그런 아이들을 보기 어렵다. 먹거리가 풍부해지고, 위생 관념도 높아져 아이들 모습이 한결 단정하고 귀공자 같다. 이 얼마나 반가운 변화인가.

의사 선생님은 목에 가래가 있으면 코에도 문제가 올 수 있다며 '비염'이라고 진단하셨다. 바르는 약과 복용 약을 처방받았다. 평소 건강 체질이라고 자부해 왔는데, 나도 이제 여기저기 신호가 오는 나이가 되었나 보다.

'도대체 왜 비염이 생겼을까?' 생각해 봤다. 꽃향기를 맡는 게 좋아서 자꾸 꽃에 코를 가까이 대던 습관 때문일까? 아니면, 집 안에 쌓인 먼지 때문일까? 아무렴 어떤가. 이렇게 또 한 번, 병원이라는 작은 모험을 마치고 돌아왔다. 입을 벌리고, 부끄럽고, 웃기기도 했던 하루. 오늘도 나는 내 몸의 이야기를 하나 더 알아간다.

조용히 흔드는 것들

우리는 하루에도 수없이 많은 것들과 마주하며 살아간다. 거창한 계획과 결심으로 삶을 채우기도 하지만, 정작 우리가 부딪히는 대부분의 순간은 크지 않다. 아침에 마시는 커피 한 잔, 문 앞에 놓인 신문, 마트에서 고른 달걀 한 판, 퇴근길에 들은 누군가의 말 한마디. 사소하고 평범해 보이는 일들 속에 삶의 진짜 온기가 숨어 있다.

그런 사소함을 가볍게 여겼던 적이 있다. 한때 나는, 사람과 사람 사이의 갈등이란 거창한 이유에서 비롯된다고 믿었다. 하지만 살면서 반복해서 겪게 된 진실은 그 반대였다. 관계를 어긋나게 하고, 마음을 닫게 만드는 건 언제나 아주 작은 일들이었다. 대화 도중 툭 던진 말 한마디, 약속 시간에 몇 분 늦은 일, 문자 하나 없이 지나간 생일. 그런 일들이 겹치고 쌓여 어느 날 폭발처럼 터지는 것이다.

잊히지 않는 장면이 있다. 몇 해 전, 오랜 친구와 소소한 일로 다퉜다. 별일 아니었다. 점심 약속에 내가 늦었고, 그는 말 없이 밥을 먼저 먹기 시작했다. 나는 아무렇지 않게 "혼자 먼저 먹으면 미안하지 않냐"고 웃으며 말했지만, 친구의 표정은 딱딱하게 굳어 있었다. 그리고 그날 이후, 우리는 몇 달을 서먹하게 지냈다.

훗날 그 친구가 털어놓았다. 그날따라 그도 마음이 복잡했다고. 일터에서 작은 실수를 했고, 상사의 따가운 말을 들은 상태에서, 내가 늦고도 아무렇지 않게 넘기는 모습에 서운함이 폭발했던 거라고. 내가 조금만 미안해 했더라도, 그도 충분히 이해할 수 있었을 텐데, 나는 너무 쉽게 웃고 넘겼다는 친구의 말이었다.

그날 이후, 깨달았다. 작은 일이 사람을 얼마나 흔들 수 있는지를. 큰 바위는 피할 수 있다. 눈에 보이니까. 하지만 작은 돌멩이는 그렇지 않다. 무심히 지나치다 발에 걸려 중심을 잃고, 그대로 바닥에 주저앉고 만다. 사소한 말, 작은 행동 하나가, 때로는 오랜 관계를 주저앉히기도 한다.

삶도 그렇다. 말없이 스며든 오해, 반복되는 무관심, 기대했다가 실망하게 되는 아주 작은 차이들. 그런 것들이 차곡차곡 쌓이면, 결국 관계를 지치게 만들고 마음을 닫게 한다. 친밀한 사이일수록 더 쉽게 놓치게 되는 감정의 균열이다.

부부 사이도 예외는 아니다. 함께한 세월이 길수록 '말 안 해도 알겠지'라는 착각에 빠지기 쉽고, 그런 착각이 오랜 정을 갉아먹는다. 식탁 위 물컵의 방향, TV 소리의 크기, 문 닫는 방식까지도 사소하지만, 끝없이 부딪히게 된다. 처음엔 참을 수 있었던 것들이, 시간이 지나면서는 이유가 되어 버린다. 작은 불씨를 방치하면 큰불이 되듯, 작은 감정의 틈은 어느 날 큰 파열로 이어진다.

말의 힘도 마찬가지다. 무심한 말 한마디가 오래도록 마음 속에 맴돌며 자신을 갉아먹기도 한다. 누군가의 따뜻한 위로 한마디가, 지친 마음에 생기를 불어넣는가 하면, 아무 생각 없이 던진 말 한마디가 관계를 멀어지게 만든다. 작고 가벼운 것처럼 보이지만, 그 파장은 깊고 오래간다.

그래서 우리는 더 자주, 더 깊이, '작은 것들'에 마음을 기울여야 한다. 지금 누리고 있는 일상은 절대 당연하지 않다. 건강하게 눈을 뜨고, 두 다리로 걸을 수 있으며, 일할 수 있고, 누군가와 함께 밥을 먹을 수 있는 것만으로도 감사한 일이다. 병원비를 걱정하지 않고, 내 의지로 하루를 시작하고 끝낼 수 있다는 건, 결코 흔한 축복이 아니다.

작은 것들에 감사하는 마음을 가지면, 삶은 조금 더 따뜻해진다. 길을 걷다 문득, 피어있는 들꽃 하나에도 미소를 짓고,

버스에서 자리를 양보 받는 순간에도 마음이 말랑해진다. 그 모든 것이 쌓여서 결국 우리의 하루를 만들고, 인생을 채워간다.

반면, 늘 불만에 사로잡혀 사는 사람들은 사소한 일에도 쉽게 좌절하고, 사소한 말에도 예민하게 반응한다. 만족할 줄 모르면, 감사도 잊게 된다. '고맙다', '미안하다', '수고했다'는 말 한마디가 관계를 지탱하는 기둥인데도, 자존심이나 습관이라는 이름으로 아껴버린다. 남발해도 되는 겸손의 말.

넉넉한 사람들은 다르다. 사소한 인정과 배려에서 행복을 찾는다. 그들은 길에서 마주친 낯선 이에게도 미소를 짓고, 고마운 일에는 웃음 띤 얼굴로 표현한다. 그렇게 사소한 친절이 오고 가는 삶은 훨씬 부드럽고 따뜻하다.

결국, 우리의 삶은 수많은 작은 것들의 총합이다. 작은 돌 하나에 넘어질 수도 있지만, 작은 손길 하나로 다시 일어설 수도 있다. 어떤 이의 작은 배려가, 누구에겐 일생일대의 위로가 될 수 있다. 그러니 우리는, 사소한 것들을 가볍게 여기지 말아야 한다. 작다고 소중한 것이 아니다. 작은 돌멩이에 걸려 넘어지듯이 오히려 그것들이 진짜 삶을 이룬다.

친구는 어디에 있니

눈이 많이 온다는 예보에 남편은 약속을 미루자고 했다. 눈길이 걱정된다고. 덕분에 친구와의 점심 약속은 취소됐고, 나는 반납일이 다가온 책 몇 권을 들고 도서관으로 향했다. 흰 눈이 고요히 쌓인 길 위엔 누구도 지나가지 않은 모양이다. 사람의 발자국이 없었다. 내가 첫 번째로 밟고 지나가는 이 길은 마치 깨끗한 도화지 같았고, 그 위에 남겨지는 내 발자국은 왠지 순백의 옷을 더럽히는 것만 같았다.

걸음을 옮기며 괜히 미안한 마음이 들었다. 쌓인 눈은 보드랍고 거리를 덮어서 깨끗해 보였지만, 그 아래 얼어붙은 길은 미끄러웠다. 나는 흰 곰처럼 천천히 조심스레 걸었다. 눈 내린 날의 외출은 항상 쓸쓸한 기분을 끌어올린다. 아니, 혼자라는 느낌이 더 정확할지도 모르겠다. 유난히 추위와 겨울을 싫어하는 나는 밖에 나가는 것을 좋아하지 않는 성격이다.

도서관 문 앞에 도착했을 때, '휴관일'이라는 안내문이 반갑지 않게 맞아 주었다. 이틀간 대청소를 한다는 이유였다. 도서 반납하고 따듯한 도서관에서 온종일 시간을 보내려고 했는데 나의 계획이 빗나갔다. 하필 내가 오는 날 '휴관일'게 뭐람 중얼거리며 돌아왔다. 갈 곳도 없는데 피신하는 마음으로 갔던 것인데 아쉬웠다.

다시 집으로 향하는 길, 한 아이와 아버지가 쌓인 눈을 모아 작은 언덕을 만들고 있었다. 언덕 한쪽에 터널을 파며 노는 두 사람은 마치 스키장에라도 온 듯 즐거워 보였다. 거리에 아무도 없던 풍경 속에서, 오직 그들 둘만이 환하게 빛나고 있었다. 또래 친구는 보이지 않았고, 아버지가 아이 눈높이에 맞춰 친구가 되어주고 있었다.

"애야, 넌 참 행복한 아이구나." 무심코 내뱉은 말은 눈 속으로 묻혀 사라졌다. 아이는 장난감 삽으로 눈을 퍼내느라 바빴다. 나는 아버지에게 조심스레 물었다. "어릴 때 아버지께서도 이렇게 놀아주셨나요?" 그는 고개를 내저으며 말했다.

"아유, 그럴 리가요. 우리 아버지는 일하시느라 바쁘셨어요. 한 번도 같이 눈놀이 해 본 기억이 없네요." 그는 자신이 받지 못한 것을 자신의 아이에게 건네주고 있는 듯 보였다. 나는 말없이 미소 지었다. "아이와 노는 모습이 참 보기 좋네요." 그는 내 말에 기분 좋은 듯 환하게 웃으며 말했다. "안녕히 가세요." 마치 손님을 배웅하듯 정중한 인사를 건네는 그의 모습이 인상 깊었다. 그 한마디가, 그 눈길 위의 작고 따뜻한 인사가 오래도록 마음에 남았다.

집으로 돌아오는 길, 문득 나의 어린 시절이 떠올랐다. 부모님과 놀 시간은 사치였을지도 모르겠다. 함께한 특별한 놀이의 기억은 거의 없었다. 그 시절 어른들은 너무 바빴다. 먹고살기 위해 하루하루를 겨우 버티던 시절, 부모님과 놀 시간은 사치였을지도 모르겠다. 하지만 친구들과는 질리도록 놀았다.

고무줄놀이하다가 장난꾸러기 남자아이들이 줄을 끊고 도망치면, 우르르 달려가 악동들을 잡으려 쫓아다녔다. 공기놀이하다 공깃돌을 뺏기면 눈물 흘리며 다시 되찾으려 안간힘을 썼다. 넘어지고, 무릎이 까지고, 피가 나도 아랑곳하지 않고 놀았다. 그 시절 놀이는 몸으로 하는 전쟁이자, 온몸으로 부딪는 우정이었다.

그러나 요즘 아이들은 다르다. 놀 시간이 없다. 학원과 집을 오가는 아이들, 하루를 몇 개의 수업으로 쪼개 살아가는 그들의 모습은 바쁜 직장인과 다를 게 없다. 친구가 없어서 학원에 간다는 아이들의 말을 들을 때마다 마음이 덜컥 내려앉는다. 친구가 아니라 외로움을 피해 도망치는 곳이 학원이라니.

경쟁과 성적, 스펙과 비교 속에서 자라는 아이들이 과연 건강한 인간관계를 맺을 수 있을까? 서로를 믿고 기대는 법을 배우기도 전에 의심과 거리 두기를 먼저 배워야 하는 아이들. 그들에게 '친구'란 어떤 의미일까.

눈 언덕에서 아버지와 놀던 그 아이의 모습이 자꾸 떠오른다. 따뜻하고 평화로운 한 장면. 하지만 그런 장면이 이 시대의 아이들에겐 얼마나 낯선지 생각하면 마음이 무거워진다. 사회는 아이들에게서 친구를 빼앗고 있는지도 모른다. 그 결과는 고립이다. 그리고 외로움이다.

모든 아이들이 행복한 추억을 품고 자랐으면 좋겠다. 누군가를 믿고, 함께 뛰놀고, 다퉜다 풀며 자라는 아이들. 그런 경험들이 사람을 사람답게 만든다. 친구가 없어 학원에 간다는 아이들의 뒷모습이 아른거린다. 그 말 한마디에 담긴 외로움이 눈처럼 가슴 위에 소복소복 내려앉는다.

탱크 훈련소의 꽃밭

"한때 포성과 먼지로 가득했던 이곳. 거칠게 탱크가 누비던 훈련장이 이제는 꽃으로 가득한 들판이 되었다. 사람들은 메마른 땅에 꽃을 심고, 손수 나무를 다듬어 조형물을 세웠다. 그렇게 시간이 흐르자 전쟁의 흔적은 자취를 감추고, 그 자리에 아이들의 웃음소리와 꽃향기가 깃든 평화의 공간이 피어났다."

탱크 훈련장이 마을 주민들의 노력으로 꽃밭으로 변화되었다는 인용문이다. 소문을 따라서 우리 부부도 고된 농사일로 지친 몸과 마음을 잠시 쉬고자 '철원 고석정 꽃 축제장'을 찾았다. 입구를 지나자마자 가우라꽃이 먼저 눈에 들어왔다. '여인의 섹시함'이라는 독특한 꽃말이 유독 인상 깊었다. 입구에다 여인의 섹시함이라는 가우라꽃을 심은 이유가 그럴듯하다. 어쩐지 그 꽃말에 이끌려 내 걸음도 자연스레 빨라졌다. 이미 주차장은 차량들로 북적였고, 알바생들은 분주히 호루라기를 불며 안내에 여념이 없었다. 널찍하고 잘 정비된 주차장과 깔끔한 이동식 화장실, 작은 것 하나까지 세심하게 준비된 모습을 보고 보이지 않는 곳에서 수고한 이들의 정성이 느껴졌다.

드넓은 대지 위로 수만 송이의 꽃들이 물결처럼 흐드러져 있었다. 방향을 바꿀 때마다 전혀 다른 색과 향이 어우러지며 또 하나의 풍경이 펼쳐졌다. 꽃 속에 잠겨버리고 싶은 기분이 들었다. 천천히 걷고 싶은 마음과 모든 장면을 눈에 담고 싶은 조급함이 뒤섞였다. 내 키를 훌쩍 넘는 갈대숲은 연인들이 숨어 놀기에도 좋을 만큼 풍성했고, 곳곳의 원두막에서는 사람들이 평온한 표정으로 꽃밭을 바라보고 있었다. 천국이 따로 없었다. 사막 지역에도 이런 풍경이 있을까? 잠시 생각했다. 꽃이 만발한 지역을 돌아보며 꽃이 없는 도시에 사는 사람들의 정서는 어떨까 싶다.

꽃을 배경으로 사진을 찍는 사람들도 많았다. 그중 한 여인이 "꽃은 찍지 말고 나만 찍어!"라고 외쳤다. 그 말을 듣고 나도 모르게 웃음이 나왔다. 꽃보다 자신을 더 돋보이고 싶다는 의미일까, 아니면 꽃과 비교되는 것이 싫었던 걸까. 나 역시 나이가 들수록 사진 찍기를 주저하게 된다. 아마도 꽃처럼 생기 넘치는 모습이 아니라는 자의식 때문일 것이다. 그녀도 그런 마음이었을까.

이곳에서 지친 마음이 조금씩 풀리는 듯했다. 시큰둥하던 남편도 점차 얼굴이 환해졌다. "여기 오길 참 잘했네." 그 짧은 한마디에 나도 모르게 미소가 번졌다. 아름다운 풍경을 혼자 간직할 수 없어 지인들에게 사진을 보내며 이곳의 정취를 함께 나눴다. 카톡, 카톡….

이번 여름과 가을, 잦은 비로 일조량이 부족했음에도 자연은 꿋꿋이 꽃을 피워냈다. 과학이 아무리 발달해도 인간은 결코 자연을 넘어설 수 없다. 흙에 뿌리를 두었을 뿐인데 이토록 찬란한 색을 품고 피어나는 꽃은 그 자체로 감탄의 대상이다.

꽃밭을 걷다 두 여인을 마주쳤다. "사진 찍어드릴까요?" 조심스레 묻자, 그녀들은 반갑게 고개를 끄덕였다. 셔터를 누르려는 순간, 한 여인이 미소를 짓지 않고 있는 것이 눈에 띄었다. "저… 웃고 있지 않죠?" 그녀의 말에 나는 부드럽게 대답했다. "네, 마음이 조금 무거우신가 봐요." 그녀는 잠시 머뭇거리다 조용히 말했다.

"네, 맞아요." 찬란한 꽃들 사이에서도 웃지 못하는 사람. 그녀의 고민은 무엇일까? 친구의 권유로 함께 동행한 것 같은데 꽃밭에 와서도 웃지 않는 그녀의 사연이 궁금했다. 아무리 꽃이 많아도 마음의 꽃이 피지 않으면 아무 소용 없음을 보았다. 진정한 평화와 웃음꽃은 내 마음에서 온다는 것을 느꼈다. 그녀의 마음을 짓누르고 있는 삶의 무게가 가벼워졌으면 좋겠다. 이곳의 고요한 풍경처럼, 언젠가 그녀도 근심을 내려놓고 활짝 웃을 수 있기를 진심으로 바랐다.

가을 해바라기 앞에서 나는 활짝 웃으며 사진을 남겼다. 포탄을 장전하며 굉음을 토하던 이 땅에서, 이제는 꽃이 만개하고 사람들이 그 속에서 행복을 찾는다. 인생 또한 어쩌면 전쟁터와 다르지 않다. 총성이 들리진 않아도 우리는 각자의 싸움을 치르며 살아간다.

올여름 내내 호두나무와 씨름하며 내면의 전투를 이어 온 나. 그러나 이곳에서 문득 깨달았다. 꽃이 핀 땅처럼, 내 마음에도 꽃씨를 뿌린다면, 황량했던 일상도 언젠가 환해질 수 있으리라는 것을. 나는 이제, 그것을 믿는다.

파라오 임금의 완고함처럼

베란다에 들어오는 햇빛을 보고 가벼운 옷차림으로 외출했다가, 과장해서 말하자면 동장군이 되어 얼어붙을 뻔했다. 경칩에 개구리가 나왔다가 얼어 죽는다는 말이 실감 나는 날씨다.

오늘은 성서 통독 나눔이 있는 날이다. 다섯 명 중 두 명만 참석했다. 구약과 신약을 함께 읽고 나누는 귀한 시간이지만, 완독하려면 시간이 오래 걸린다. 그저 읽는 것이 아니라 천천히, 깊이 묵상하며 나아가야 한다. 먼 길은 함께 가야 하듯, 성서 통독도 함께할 때 더 큰 의미가 있다.

오늘 읽은 부분은 '탈출기', 파라오 임금의 이야기였다. 모세는 이스라엘 백성을 이집트에서 해방시키기 위해 파라오에게 간절히 요청하지만, 그는 완고하게 거절한다. 그 결과 이집트에는 하느님의 재앙이 연이어 닥친다.

물이 피로 변하고, 먼지보다 많은 모기떼가 날아든다. 모기한 마리만 있어도 잠을 못 이루는 내 성격에, 상상만 해도 아찔하다. 그래도 파라오는 고집을 꺾지 않는다.

개구리, 이, 파리, 가축병, 종기, 우박, 메뚜기 같은 재앙들이 끊이지 않아도, 그는 백성의 고통에 눈감고 귀를 닫는다. 왜 그는 무서운 재앙에도 변화를 거부했을까. 성서는 하느님이 기적을 드러내기 위함이라고 설명한다.

사람의 완고함이란 무서운 재앙에도 굴복하지 않는다는 것을 깨달았다. 사람은 변하기 어렵다는 말을 하는 이유도 그래서일까 이집트 임금의 오만함은 그 자신이 임금이기에 더욱 완고했을 것 같다.

그러다 문득, 내 안에도 파라오 같은 완고함이 있음을 깨닫는다. 고집스러운 마음은 나 자신에게도, 타인에게도 상처가 된다. 모든 일을 조금만 더 유연하게 받아들이고, 감정을 잘 조절할 수 있다면 얼마나 좋을까. 그 유연함은 어디서 오는 것일까? 겸손과 너그러움이 아닐까? 그렇다면 나에게 오만과 자만이 있다는 말이 된다.

파라오의 오만은 결국 그의 백성에게 고통을 안긴다. 한 사람의 완고함이 나라와 사회를 지옥으로 몰아넣는 일이다.

성서에는 꿈쟁이 요셉 이야기도 나온다. 형제들에게 버림받아 노예로 팔린 요셉은 이집트에서 꿈해몽의 능력을 인정받아 재상이 된다. 그는 가뭄 7년과 풍년 7년의 꿈을 풀어 두 나라를 구한다. 그리고 결국 잃었던 부모 형제와 재회한다. 의인한 사람이 온 나라를 살릴 수 있듯, 개인의 태도는 생각보다 큰 파장을 낳는다.

나 또한 완고한 성격이지만, 요즘엔 남편의 고집이 더 답답하게 느껴질 때가 많다. 오래된 아파트의 화장실을 딸이 리모델링해 주겠다고 나섰을 때가 그랬다. 딸은 "부담 없는 비용이니 걱정말라"고 했지만, 남편과 나는 괜히 돈을 쓰는 것 같다며 반대했다. "불편한 데도 없는데 왜 고치느냐"는 말이었다.

결국 나는 딸의 마음을 받아들였다. 자라면서 나에게 수용받지 못하고 억눌리기만 했던 딸에게는, 이번 결정이 스스로의 의지를 표현하고 싶었던 일일지도 모른다. 그것이 딸이 생각한 '효도'였을 것이다. 그래서 나는 받아들였지만, 남편은 끝내 딸의 마음을 이해하지 못한 채 강하게 반대했다.

결국 모두가 기분이 상했고, 남편은 화를 참지 못했다. 마치 사과나무 아래에서 떨어진 사과에 놀란 토끼처럼 엉뚱한 반응을 보였다.

절대적인 사고와 경직된 태도는 주변 사람들뿐 아니라, 자기 자신에게도 해롭다. 파라오가 열 번째 재앙에 이르러서야 무릎을 꿇었듯, 남편의 고집도 언젠가는 부드러움으로 바뀔 수 있을까. 친절을 받아들이는 것도 사랑의 다른 이름이라는 걸 알았으면 좋겠다.

겨울의 찬바람 속에서도 햇살은 따뜻하다. 마음도 그렇게 따뜻해질 수 있다면 좋겠다.

한 송이 양귀비 같은 그녀

그녀는 빨간 바지에 흰 바탕에 검은 점이 박힌 티셔츠, 그 위엔 보라색 바람막이를 걸치고 있었다. 하얀 피부를 지닌 그녀는 안경을 벗자 서구적인 이목구비가 드러났다. 젊었을 적엔 꽤나 미인 소리를 들었을 것 같다. 화려한 첫인상을 풍기는 외모라서, 봉사와는 거리가 멀어 보일 수 있는 이미지였다. 그녀는 나보다 어려 보였다.

속으로 나이를 가늠해 보며 조심스레 물었는데, 나보다 연상이었다. 말을 놓으려던 나의 마음이 순간 뻘쭘해졌다. 나는 시댁에서도 친정에서도 맏이로 살아와, 누군가를 '언니'라고 부르는 게 익숙지 않다. 그런데도 동생 같던 그녀에게 '언니'라고 부르니 괜히 웃음이 났다. 우리가 만난 시간은 고작 하루도 채 되지 않았지만, 마치 오래된 친구처럼 편안했다.

전날 저녁 함께 걸었던 산책길을 그 아침에도 다시 걸었다. 숲길엔 거미줄과 모기가 산책의 방해꾼처럼 나섰고, 나는 나뭇가지를 하나 꺾으며 말했다. "미안해, 너를 꺾어야겠다." 그 가지를 휘둘러 가며 길을 걸었다. 동산처럼 아담한 산책길엔 오래된 붉은 소나무와 도토리나무, 이름 모를 꽃들이 저마다의 모습으로 피어 있었다.

보라색 꽃 무리 사이로 붉은 양귀비 몇 송이가 얼굴을 내밀고 있었다. "제가 더 예쁘지 않나요?" 하듯 수줍게 피어 있는 모습이 사랑스러웠다. 자연이 만들어 내는 선명하고 아름다운 붉은색에 감탄하며, 하느님의 위대함을 새삼 느꼈다. 서로 어울리지 않을 것 같던 보라와 붉은색이 묘하게 조화를 이루고 있었다. 마치 어제 만난 우리처럼, 붉은 양귀비 같은 그녀는 작은 숲에서 마음을 열고 살아온 얘기를 해주었다. 신앙 생활하면서 봉사만 하고 살았다는 얘기였다. 삶을 가치있게 살고 있음을 대화를 통해서 알았다. 그녀가 내 이웃이라면 참 좋겠다. 아쉽게도 그녀는 타 지역이었다.

서로를 많이 알진 못했지만, 쉽게 마음을 연 우리는 친밀해졌다. 공통점이 있는 사람끼리는 오랜 시간이 필요 없다는 것을 알게 되었다. 이해하고 공감하는 마음은 벽을 쉽게 넘는다. 그녀는 화려한 인상이지만, 무려 50년 가까이 봉사활동을 해왔단다. 자신의 삶에서, 종교인으로 봉사를 뺄 수 없다는 말에 나는 그녀의 삶이 얼마나 단단한지 짐작할 수 있었다. 타고난

기질도, 여유 있는 삶의 조건도 한몫했을 것이다.

우리는 연락처를 주고받고, 카톡 친구도 맺고, 사진과 문자를 나눴다. 짧은 시간이었지만 우린 가까워졌다. 봉사하는 마음, 이타적인 행동에서 깊은 친밀감을 느낀다. 추구하는 가치가 같다는 건, 무엇보다 큰 인연이다.

사람은 누구나 상처와 외로움을 품고 산다. 아무렇지 않은 척하며 버티는 것뿐이다. 나 역시 그렇기에 누군가 다정하게 다가오면 반갑고 따뜻하다. 황금률은 '네가 바라는 대로 남에게 하라'는 말이다. 나는 그렇게 다가갔다. 어떤 이들은 그걸 보고 성격 좋다고 하고, 어떤 이는 설친다고 할지도 모르지만, 좋은 마음이라면 소심해질 필요 없다고 생각한다.

짧은 시간이었지만, 우리는 서로 소중한 정보를 나눴다. 공통 주제를 가지고 조별 토의도 하고 발표도 했다. 우리 팀은 여성이 발표하기로 했고, 가장 오랜 봉사 경력을 지닌 그녀를 추천했다. 남성 3명, 여성 4명이었는데 모두 자기 생각이 뚜렷하고 당당했다. 누구를 내세워도 손색이 없었지만, 나는 그녀를 밀어주고 싶었다. 물론 누군가는 서운했을 수도 있지만.

예수님 시대에도 여성은 많았으나 제자는 모두 남성이었다. 오늘날도 성당이나 사회에서 주류는 여전히 남성들이다. 숫자는 여성이 더 많은데도 '장' 자리는 남성이 차지하고 있다. 이런 구조는 바뀌어야 한다고 생각한다. 그래서 나는 그녀를 지지했다.

그녀는 발표를 간결하고 명확하게 잘 마쳤다. 다른 팀은 모두 남성 발표자였고, 그녀만 유일한 여성 발표자였다. 재능 있고 배움 많은 여성들이 많았지만, 겸손이었는지 자신감 부족이었는지 대부분 뒤로 물러섰다. 나는 사회가 변하려면 여성들이 먼저 깨어나야 한다고 믿는다.

이른 아침, 여성 교우들이 기도를 하며 산책길을 지나는 모습을 보았다. 그들의 간절한 기도가 이루어지길, 진심으로 바랐다. 짧은 영성 교육이지만 나 자신을 돌아보는 귀한 시간이 되었다. 보라색 꽃과 붉은 양귀비처럼, 생김새는 달라도 들에 핀 꽃들이 조화를 이루듯 오늘 만난 사람들과도 그렇게 어우러졌다. 그렇게 아름다운 하루였다.

화장하지 않은 여자

화장하지 않은 여자 둘이 우연히 방앗간에서 마주쳤다. 그녀도, 나도 서로에게 민낯을 보여준 적이 없었다. "어머나! 안녕하세요. 세수도 못 하고 기름 짜러 왔어요. 꼬질꼬질해서 얼굴을 볼 수가 없네요." 그녀는 놀란 듯 인사하며 얼굴을 살짝 돌렸다. 나 역시 당황했다. 모른 척하는 게 더 좋겠다. "저도 마찬가지예요. 바빠서 대충 하고 나왔죠."

더 이상 이야기를 나누다 보면 그녀가 난처해 할까 봐, 나는 애써 바쁜 척하며 돌아섰다. 이상하게도 화장을 하지 않았을 때, 그리고 추레한 옷을 입고 나왔을 때 꼭 누군가와 마주친다. 세수도 하지 않고, 입안에 고춧가루가 끼었는지도 모르는 상태에서 거울도 보지 않고 나왔을 때 말이다. 이런 날 친밀하지 않은 사람을 만날 때가 가장 민망스럽다.

유안진의 수필 『지란지교를 꿈꾸며』를 읽으며 나도 그런 친구가 있으면 참 좋겠다고 생각했다. 김치를 먹고 이 사이에 고

촛가루가 끼어도 허물없이 지낼 수 있는 친구, 밥이 끓어 넘치더라도 내가 부르면 달려올 친구 말이다. 누구나 인간관계에서 그런 이상적인 친구를 원할 것이다.

명예나 사회적 유명세를 가진 사람은 노력하지 않아도 친구가 많을 것 같지만, 꼭 그렇지만은 않은가 보다. 이런 글을 쓰는 것을 보면 말이다. 어떤 직위에 있건 사람은 외로운가 보다.

방앗간에서 만난 지인은 내 얼굴을 정면으로 보지 않으려 애쓰듯 고개를 돌리며 이야기했다. 어쩌면 우리가 형식적인 관계이기 때문일지도 모른다.

이웃 밭에서 김장하라고 배추를 주었다. 떡 본 김에 제사 지낸다고, 나는 서둘러 김장 준비를 했다. 그녀는 들기름을 짜러, 나는 고추를 빻으러 방앗간에 왔다. 가을의 끝자락, 마무리를 짓는 두 여자가 그렇게 방앗간에서 마주쳤다.

만약 그녀와 내가 '죽마고우'였다면, 우리는 민낯을 그토록 부끄러워했을까? 아무리 소탈한 친구라 해도 지켜야 할 예의는 기본적으로 필요하지만, 그렇게까지 얼굴을 돌릴 정도라면 그 관계는 무엇이라 정의할 수 있을까?

요즘은 마스크 덕분에 얼굴의 절반이 가려져 좋은 점도 있다. 양치를 하지 않아도, 화장을 하지 않아도 마스크만 쓰면

감출 수 있다. 하지만 여전히 여자들은 민낯을 보이는 것을 꺼린다. 남의 시선에 맞춰 살아가는 일은 쉽지 않다.

『나는 나를 벗 삼는다』라는 책 제목이 떠오른다. 나도 억지로 맞춰 가는 관계 속에서 지쳐 가고 싶지 않다. 진정으로 안부를 물어주는 사람, 가난한 이를 보면 측은히 여기며 공감할 줄 아는 사람, 배려할 줄 아는 사람이 좋다. 그렇다면 나는 타인의 눈에 어떻게 비칠까? 가까이 갈수록 실망스러운 사람이 있는가 하면, 사귈수록 감동을 주는 사람도 있다.

"날마다 자신을 평가받는 사람이 있다면 아무리 강한 자일지라도 파괴되고 말 것이다." 니체의 말이 떠오른다.

타인의 시선을 지나치게 의식하다 보면, 진정한 자신으로 살아가는 것이 아니라 그들의 기대 속에서 소모될 뿐이다.

방앗간에 고추를 맡기고 돌아오니 고춧가루는 이미 곱게 빻아져 있었다. 수고비가 얼마냐고 묻자 주인은 3천 원이라 했다. 매운 고춧가루가 날려 연신 재채기를 하며 작업했을 텐데, 고작 몇천 원이라니. 더 드리고 싶은 마음이 들었지만 동정하는 것처럼 보일까 망설여졌다. 고추 빻는 일을 마친 아주머니는 힘겹게 허리를 펴며 환하게 웃었다. 그녀의 얼굴도 화장기가 없다. 치아는 고르고, 무처럼 하얗다. 순간, 나도 무 속처럼 하얀 치아였으면 좋겠다는 생각이 들었다. 칭찬을 건네자 그녀는 쑥스러워하며 활짝 크게 웃었다. 수고비가 너무 저렴해 기분 좋은 말이라도 해야 할 것 같았다.

"고맙습니다. 수고하셨어요."

내 말에 옆에서 기다리던 손님이 빙긋이 웃었다. 방앗간 여주인은 온종일 일하는 사람이다. 밭에서 억척스럽게 일하고, 집 앞에 아파트가 들어서고, 큰 도로가 생기고, 농협 매장이 집 앞에 들어왔다. 그녀는 여전히 묵묵히 사람들을 맞이한다. 아마도 토지 보상을 받았을지도 모르지만, 그녀의 웃음은 변함이 없다. 그녀는 사람을 편하게 만들어 주는 따뜻한 미소가 있다. 그래서 나는 그녀의 방앗간으로 간다.

기다리고 있던 손님들은 내 인사에 호감을 느꼈을까? '저 사람, 참 매너가 좋구나' 하는 생각을 했을까? 한편, 세수도 하지 않았다고 말하던 지인은 소파에 앉아 TV를 보며 자판기 커피를 마시고 있었다. 그녀는 나를 보며 말했다.

"들깨 세 말이나 짜야 해요."

그 말은 곧 '나는 아직 한참 기다려야 하니 먼저 가세요.'라는 뜻이었을 것이다. 어쩌면 화장하지 않은 여자들 사이에는 말로 설명할 수 없는 묘한 비밀이 있는지도 모르겠다.

『개인적인 체험』

- 오에 겐자부로 지음/번역 서은혜

일본을 여행한 이후, 나는 그 문화와 예술에 대해 한층 깊은 관심을 갖게 되었다. 관광지만을 스쳐 지나는 여행자에서 벗어나, 그 사회의 이면과 정신을 담아내는 문학으로 눈을 돌리게 되었다. 그렇게 만난 작가가 오에 겐자부로였다. 일본 현대 문학의 양심이자, 정치와 사상, 그리고 삶의 고통을 문학으로 견디며 살아낸 인물. 나는 그의 대표작 『개인적인 체험』을 집어 들었다.

오에 겐자부로는 1994년, 일본인으로는 두 번째로 노벨 문학상을 수상했다. 그는 수상 소감에서 "개인적 체험을 통해 인간의 보편적 진실에 다가가려 했다"라고 말했다. 그 '개인적 체험'이란, 바로 장애를 안고 태어난 그의 장남 히카리와의 삶이었다. 이 작품은 단순히 자전적 소설이 아니다. 그것은 '한 인간이 작가이면서 아버지, 인간으로서 도망가지 않기 위해 쓴 글'이다. 나는 그 절박함과 정직함에, 페이지를 넘기며 자꾸 숨이 막혔다.

주인공 버드(오에 겐자부로)는 대학 강사다. 그는 아이가 뇌에 중대한 장애를 갖고 태어났다는 사실을 접하자, 그 현실을 외면하고 싶은 충동에 휩싸인다. 술로 도피하고, 외도를 하며, 아이가 자연스럽게 죽기를 은근히 바라는 마음까지 품는다. 그는 한없이 작고 비겁한 인간으로 그려진다. 하지만 바로 그 점이 독자로 하여금, 더 깊숙이 몰입하게 만든다. 왜냐하면, 우리는 누구나 고통 앞에서 약해지기 때문이다. 자신의 아기가 장애인으로 태어났다는 것을 인정하고 싶지 않고 자책에 빠져든다.

소설 속에는 잊히지 않는 대사가 있다. 산부인과 의사가 버드에게 건네는 말이다. "당신 아이를 해부함으로써 뇌헤르니아 아기를 구할 힘이 될지도 모르거든요… 이 애는 빨리 죽는 편이 좋을 것 같아요." 이 잔혹한 말은, 단지 한 의사의 냉정한 논리로만 읽히지 않는다. 인간의 생명을 도구화하는 사회, 약자의 삶을 계산하는 시대의 그림자가 겹쳐진다.

버드는 결국 도망치지 않기로 결심한다. 아들을 받아들이고, 그의 존재를 품는 삶을 택한다. 그 변화는 갑작스럽게 일어나지 않는다. 숱한 망설임과 번복, 심리적 탈진을 거쳐 그는 비로소 책임을 받아들인다. 이는 단순한 성장담이 아니라,

인간이 얼마나 복잡하고 모순적인 존재인지 드러내는 문학적 투쟁의 기록이다. 오에는 이 과정을 미화하지 않았다. 그는 삶의 진실이란, 미화가 아닌 직시로 도달하는 것임을 알았다.

오에 겐자부로의 문학은 늘 사회와 맞닿아 있었다. 그는 히로시마 원폭 투하 이후의 세계를 살아낸 세대였고, 평화헌법을 지키기 위한 운동에도 앞장섰다. 이라크 파병에 반대하며 일본 정부를 공개적으로 비판했고, 말년까지도 펜을 내려놓지 않았다. 그는 문학을 '행동하는 언어'로 여겼다. 『개인적인 체험』 또한 그런 맥락에서 읽힌다. 장애를 안고 태어난 아들은 단지 '한 가정의 문제'가 아니다. 그것은 우리가 살아가는 사회의 민낯이며, 국가와 역사, 제도의 그늘까지 떠오르게 만든다.

그의 장남 히카리는 실제로 음악적 재능을 꽃피웠다. 새의 노래를 듣고 그대로 피아노로 연주하던 아이는, 결국 음반을 내고 일본 내외에서 연주 활동을 했다. 오에는 늘 말했다. "히카리는 내 글쓰기의 원천이다." 고통은 오에에게 글의 뿌리였고, 히카리는 그의 문학이 품은 생명의 이름이었다.

『개인적인 체험』을 읽으며 나는 문학이란 무엇인가 다시 생각하게 되었다. 문학은 고통을 지우지 않는다. 오히려 그 고통을 껴안게 한다. 그것이 나의 고통이든, 타인의 것이든, 우리는 그것을 외면하지 않음으로써 인간이 된다. 오에 겐자부로는 자신의 아픔을 세상에 꺼내 다른 누군가의 고통을 덜어주는 작가가 되었다.

그는 2023년, 88세로 세상을 떠났다. 그러나 그의 문학은 지금도 살아 있다. 고통 앞에서 작아진 이들에게 "당신의 이야기도 의미가 있다"고 말해 주는 듯하다. 나 또한 글을 쓰는 사람으로서, 옳고 그름 앞에서 침묵하지 않는 작가가 되고 싶다. 오에 겐자부로처럼, 삶의 가장 깊은 어둠에서 빛을 끌어올리는 문학을 꿈꾼다.

『내가 떠난 새벽길』

- 한수산 지음

김대건, 최양업, 최방제 세 분이 새벽길을 떠난 이유는 분명했다. 하느님의 부르심에 응답하고자, 목숨을 걸고 사명을 완수하기 위해 그 길을 나선 것이다. 그들이 걸었던 순례의 길을 따라, 한수산 작가와 개봉동 신자들이 성지로 향했던 이유 역시, 우리가 알지 못했던 그분들의 발자취를 제대로 밟아보고자 했던 간절함이었을 것이다.

나 역시 성지순례단에 합류하기 위해 새벽어둠이 채 걷히기도 전, 큼직한 가방을 끌고 성당 앞으로 나섰다. 유럽으로 향하는 첫 순례 여정은 설렘보다는 긴장이 앞섰다. 오랜 비행은 몸과 마음을 쉽게 지치게 했지만, 창밖에 펼쳐진 하늘과 구름, 그리고 수많은 승객들의 표정을 바라보며 나는 이 여행이 단순한 관광이 아닌 '순례'임을 다시 떠올렸다.

비행기 안에서 13~14시간을 불편한 자세로 보내며 여러 번

몸을 뒤척였다. 몸살이 날 정도로 힘든 시간이었지만, 그런 나와 달리 옆자리의 젊은 남자들은 조용히 TV를 보고 게임을 하며 시간을 흘려보내고 있었다. 문득 생각했다. 조선의 작은 체구를 가진 세 신부님은 이보다 몇 배는 더 고되고 험한 길을, 그것도 6개월 넘게 걸어갔을 텐데 나는 지금 이쯤에서 벌써 힘들다 투덜대고 있는 건 아닌가. 참으로 나의 인내심은 보잘것없다. 편리한 생활 속에서 불편한 것을 참지 못하는 자신을 발견한다. 비행시간은 러시아와 우크라이나 전쟁으로 돌아서 가는 바람에 한 시간 정도 시간이 더 걸렸다고 말한다.

비행이 끝나고 도착한 파리 샤를 드골공항. 곧바로 '파리 외방전교회 본부'로 향했다. 이곳은 과거 최양업 신부님이 '르그레즈' 신부에게 편지를 보냈던 장소이자, 오늘 우리가 순례의 첫 미사를 드리는 성스러운 자리이기도 했다.

전시실엔 선교사들이 생명을 걸고 활동하던 모습이 그림으로 남아 있었다. 기둥에 묶인 채 고통받는 장면, 살이 찢겨 나가는 잔혹한 순간들. 그림 앞에 멈춰 선 나는 묵묵히 그들의 눈빛을 마주 볼 수가 없었다. 선교사들은 그 고통을 어떤 힘으로 버티어 냈을까? 나는 소름이 끼쳤다. 얼마나 두려웠을까? 박해하는 자들은 어찌해서 그토록 잔인한 방법으로 박해했을까 새로운 것을 받아들이지 않겠다는 고집과 변화를 거부하는 것이었으리라 태풍이 지나가기를 기다리면 안 되는 것이었는지 참으로 안타까운 일이다. 오로지 하느님의 말씀을 전하는 일일 뿐인데 그토록 잔인한 방법으로 박해했을까? 솔직히 나는 자신이 없다. 태풍이 지나가기를 기다리는 방법을 택했을 것 같다. 슬픈 일이지만.

수도원 정원에 들어서자, 푸른 잔디와 장미꽃, 마로니에에서 피어난 꽃들이 우리를 맞이했다. 파리 시내 한복판에서 만난 이토록 고요하고 아름다운 정원은 의외였다. 그 중심에 우뚝 서 있는 김대건 신부님의 동상이 반가웠다. 하지만 한편으론 아쉬움이 밀려왔다. 그 옆에 최양업, 최방제 신부님의 모습도 함께 서 있었다면 얼마나 좋았을까. 그들도 김대건 신부님 못지않게 헌신했고, 같은 사명의 길을 걸었다고 알고 있다.

최양업 신부님은 누구보다도 공부를 잘했지만, 사제가 되는 시기는 김대건 신부님보다 늦었다. 최방제 신부님은 신심이 깊고 신임도 두터웠지만, '위열병'으로 끝내 순교의 길을 완주하지 못했다. 두 분이 사촌 관계였다는 점도 가슴을 뭉클하게 했다. 같은 피를 나눈 가족이 나란히 순교의 길을 걸었다는 건, 시대의 비극이자 신앙의 기적처럼 느껴졌다.

특히, 최양업 신부님이 조선의 문화를 이해하지 못하는 선교사는 보내지 말아 달라고 쓴 편지는, 그가 얼마나 조선 백성을 사랑했는지 보여주는 증거였다. 또한 선교사들이 조선을 이해하지 못했다면 신앙인들의 생활 패턴도 이해 못했을 것이다. 그러기 때문에 최양업 신부님이 그러한 편지를 보내지 않았을까 싶다. 최양업 신부님은 양들을 위해서 주야를 가리지 않고 찾아다니고 신자들의 어려움을 도왔다. 그분의 진심은 하느님의 뜻뿐 아니라, 사람을 향한 사랑이 있었기에 희생하신 것이다.

나는 그날, 최양업 신부님은 이미 성인이라 해도 지나치지 않다는 생각이 들었다. 이름이 공식적으로 올랐느냐보다 중요한 것은, 그의 삶이 남긴 울림이라는 생각이 들었기 때문이다.

이 순례길에서 나는 비로소, 새벽을 떠난 이들의 마음을 조금은 헤아릴 수 있게 되었다. 그들이 감내한 고통과 불안, 그럼에도 불구하고 끝까지 걸어간 이유. 그 길 위에 지금 내가 서 있다는 사실이 고맙고도 벅찼다.

『죽이는 수녀들의 이야기』
- 마리아의 작은 자매회 역음

호스피스 활동 사례집이라는 주제는 나에게 큰 호기심을 불러일으켰다. 평소에도 고통받는 환자들과 그 가족들을 돕고 싶은 마음이 있었기에, 이 책이 어떤 이야기를 전할지 궁금했다. 책은 1부부터 5부까지 총 58명의 암 환자들의 사연과 사례로 구성되어 있고, 6부에서는 마리아의 작은 수녀들이 보여준 헌신적 봉사에 대해 다루고 있다. 호스피스에 대한 오해와 진실, 기본 상식, 활동의 중요성을 담은 설명들이 자세하게 정리되어 있어, 호스피스에 대해 잘 몰랐던 나에게도 새로운 시각을 열어 주었다.

책 제목인 『죽이는 수녀들의 이야기』를 처음 접했을 때, 나는 자연스럽게 '무엇을 죽인다는 의미일까?'라는 궁금증이 생겼다. 다 읽고 나니, 이 책이 담고 있는 내용은 고통받는 환자들과 그 가족들의 갈등을 진솔하게 풀어낸 이야기였다. 그렇다고 수녀들이 환자를 죽이는 내용은 아니다. 죽어가는 환자들을 찾아가며 그 여정을 엮은 책이고 죽음을 어떻게 맞이해야 할까?를 고민하게 하는 책이었다.

하지만, 책의 제목은 아쉬움으로 남았다. 생명에 대한 애착이 강한 환자들에게 '죽음'을 연상시키는 이 제목은, 책의 유익한 내용을 접하는 데 오히려 방해가 될 수 있다는 생각이 들었다. '죽이는 수녀들'이라는 표현은, 고통에서 벗어나고자 하는 사람들에게 부정적이고 차가운 인상을 줄 수 있다. 이외로 고통받고 죽음에 임박한 환자들이야말로 살고 싶어 하기 때문이다.

책 속 다양한 사례들을 읽으며, 나는 자연스레 예전에 만났던 한 환자의 얼굴이 떠올랐다. 85세의 남성으로, 37년 전에 이혼한 이후 자녀들과도 연락이 끊긴 채 홀로 살아가던 분이었다. 식도암 수술을 받고 체중은 35kg에 불과했고, 신앙은 있었지만, 세상에 대한 불만과 불신이 깊은 분이었다. 그는 자녀들과 다시 만나 용서를 구하고, 남은 재산을 나눠준 뒤 평온하게 죽음을 맞이하고 싶어 했지만, 연락이 끊긴 자녀들을 찾는 일은 쉽지 않았다. 개인정보법에 의해 가족이 가족을 찾는데도 문제가 되었다.

이처럼 삶에 대한 애착이 강했던 사람에게 '죽이는 수녀들의 이야기'라는 제목의 책을 과연 권할 수 있었을까. 그 제목은 오히려 그의 마지막 시간을 더 힘겹게 만들 수도 있었을 것이다. 그 책을 권하고 싶었지만 내키지 않았다.

책에 등장하는 58명의 환자들은 모두 각자의 고통을 안고 있었다. 암이라는 병이 얼마나 지독하고 참기 어려운 것인지, 그들의 투병 과정을 통해 생생히 전해졌다. 대부분의 환자가 공통적으로 보여준 것은, 바로 '살고자 하는 의지'였다. 나는 문득 생각했다. 만약 나도 그들과 같은 상황에 부닥친다면 나는 어떤 선택을 하게 될까. 극심한 고통 속에서 생을 끝내고 싶다는 생각이 들지 않을까? 아니면 담담하게 죽음을 받아들일 수 있을까? 이 책은 나에게 죽음을 맞이하는 자세와 마음가짐에 대해 깊이 성찰하게 했다.

읽는 동안 또 다른 질문도 떠올랐다. 환자들이 고통 속에서 어떻게 이기적으로 변할 수밖에 없는지, 그리고 그것이 인간의 본성인지에 대한 고민이었다. 희망이 사라졌다고 느껴질 때, 모든 것을 초연하게 받아들인다는 것이 얼마나 어려운 일인지 새삼 깨달았다.

현대 사회는 다양한 질병들, 특히 희귀병의 공포 속에서 살아간다. 결국, 우리는 누구나 아프고 나서야 비로소 인생의 마지막을 맞이하는 것일지도 모른다. 죽음 또한 삶의 일부라는 생각이, 책장을 덮은 후에도 오래도록 머릿속을 맴돌았다.

이 책을 읽으며, 나는 오래전 떠나보낸 둘째 딸을 떠올렸다. 요정처럼 예뻤던 아이는 소아암을 앓다 어린 나이에 세상을 떠났다. 그때는 아이가 고통을 느끼지 않는 것처럼 보였지만, 이 책 속 환자들의 고통을 읽으며 내 심장도 조여 왔다. 아이 역시 그처럼 끔찍한 고통을 견디고 있었던 것이었다. 그 고통을 충분히 이해해 주지 못한 채 떠나보냈으니 이해받을 수 있을지 모르겠다. 자식 앞세운 죄인이다. 돌아보면, 여전히 마음 한구석에서 후회가 날카롭게 남아 있다. 아픈 것만큼 성장하지 못한 엄마로 남았다.

이 책은 고통받는 환자들의 삶과 호스피스 활동에 대한 이해를 깊게 해 주었다. 하지만 앞서 언급했듯이, 제목이 환자들에게는 지나치게 무겁고 부정적인 인상을 줄 수 있다는 점에서 아쉬움이 남는다.

만약 제목이 더 따뜻하고 긍정적인 메시지를 담았다면, 더 많은 사람들이 이 책에 마음을 열 수 있지 않았을까. 결국 이 책은 죽음을 이야기하지만, 오히려 삶을 어떻게 잘 마무리할 수 있을지, 남은 삶을 어떻게 잘 살아가야 할지를 고민하게 만든다. 나는 이 책이 죽음이 아닌 삶을 더욱 가치 있게 만드는 책으로 기억되기를 바란다. 이 책의 제목을 나는 이렇게 짓고 싶다. '죽음도 아름다운 여정일 뿐이다.'

5부

『체 게바라 평전』

- 장 코르미에 지음 / 김미선 번역

이 책은 무려 668페이지에 달하는 체 게바라의 평전이다. 마지막 순간까지 총을 놓지 않았던, 스물아홉 살에 생을 마감한 한 남자의 삶이 빽빽하게 담겨 있다. 검은 베레모, 짙은 콧수염, 긴 머리, 녹색 군복. 많은 이들에게 익숙한 이 이미지 뒤엔 어떤 모습이 그의 참모습이었을까? 그의 진면모를 알아보기 위해 두꺼운 책을 천천히 읽어 갔다.

그는 왜, 평온한 중산층의 삶을 뒤로하고 혁명가가 되었을까? 어린 시절부터 그는 천식을 앓았다. 죽을 때까지 천식과 싸워야 했다. 혁명의 장소에서도 천식 때문에 잠 못 이루었다. 그런데도 그는 끝내 총을 들었다. 수많은 전투에 참여했고, 직접 사람을 죽여야 했다. 그가 느꼈을 책임감, 내면의 고통. 페이지를 넘길수록 그것이 고스란히 가슴을 짓눌렀다.

체 게바라는 아르헨티나에서 태어나 의사가 되었지만, 의술 대신 혁명을 선택했다. "우리는 전쟁광이 아니다. 단지 그렇게 해야만 하기 때문에 하고 있을 뿐이다."

그는 그렇게 말했다. 불의에 맞서려면 행동해야 한다고 믿었기 때문이다. 그의 신념은 급진적이었다. 그리고 논쟁적이었다. 그는 동시에, 지극히 인간적인 사람이기도 했다.

농민들에게 글을 가르쳤고, 의료 지식으로 사람들을 돌봤으며, 동료들과 함께 굶으며 공정을 실천했다. 그는 그랬다. 배고픈 사람들과 함께 굶었으며, 아픈 사람들을 먼저 치료해 주었다. 공정과 평등이 사랑이라고 믿었던 사람 그는 그런 사람이었다.

또한 그는 독서광이었다. 불안하고 고독한 시간에 책에 몰두한 사진들이 평전에는 많았다. 많은 지식이 있어도 책을 읽지 않는 것은 부끄러운 일이라고 생각하는 나는 그의 그런 모습이 존경스러웠다.

체게바라는 괴테의 글을 사랑했고, 파블로 네루다의 시를 즐겼다. 그의 이름이 많다. 의사, 저술가, 게릴라 전술가, 쿠바 국립은행 총재, 외교관…그의 이름 뒤에 따라붙는 역할만 해도 셀 수 없다. 동료들은 말했다. "그처럼 특별한 자질을 지닌 사람은 없었다. 사르트르는 그를 그 시대에 가장 완전한 인간"이라 불렀다. 신념을 위해 타협하지 않는 사람. 말뿐이 아닌, 행동하는 이상주의자. 그의 혁명은 단지 무력 투쟁이 아니었다. 기득권이 독점한 권력과 부를 다시 나누자는 시도였다. 책을 읽으며, 하나의 물음이 떠올랐다. 그가 존경했다는 인물 중에 마오쩌둥이 있었다는 사실이다. 마오쩌둥은 중국 대약진 운동과 문화 대혁명으로 수많은 희생을 초래한 독재자이다. 그는 수천 명을 희생시킨 사람이기도 한데 그를 존경했다니 이해되지 않는다.

그렇다면, 체 게바라는 왜 그를 존경했을까? 그에게 마오쩌둥은 단지 '반제국주의 투쟁의 상징'이었을까? 아니면, 같은 방향을 바라본 혁명 동지였을까? 그의 신념과 그 존경 사이의 간극은 쉽게 납득되지 않았다.

오늘날도 전쟁과 억압은 끝나지 않았다. 러시아와 우크라이나의 전쟁은 3년째다. 쉽게 끝날 줄 알았지만, 끝나지 않았다. 그런 세계를 바라보며 문득 체 게바라를 다시 떠올리게 된다.

그가 꿈꾼 세상은 과연 가능했을까? 그의 방법이, 정말 최선이었을까? 그는 자녀들에게 이런 말을 남겼다. "세계 어디선가 누군가에게 가해지는 모든 불의를 깨달을 수 있는 능력을 키웠으면 좋겠다." 그 말이 오래도록 머릿속을 맴돈다. 불의에 맞서는 일은, 지금도 여전히 어렵다. 체 게바라는 그것이 '어렵기 때문에' 피하지 않았다. 끝까지 싸웠다. 자신의 몸으로, 삶으로. 그가 남긴 가장 강력한 유산은 바로 그것이다.

'행동하는 신념.'

그것은 오늘을 사는 우리에게도 묵직한 질문을 던진다. 그리고 이 책은 그 질문을 오래도록 남긴다.

가지 많은 나무는 아름답다

"엄마, 나 봐봐!"

한여름 햇볕이 내려쬐는 스케이트장. 붉게 달아오른 볼에 땀방울이 송골송골 맺힌 아이가 씽씽카를 타고 신나게 달린다. 팔을 번쩍 들고 어딘가를 향해 외치는 목소리는 자랑으로 가득 찼다. "나 봐봐!" 그러나 그 소리는 허공으로 흩어졌다. 엄마는 고개를 숙인 채 휴대폰 화면에 눈을 고정한 채였다. 아이는 슬그머니 발을 멈추고, 실망이 깃든 얼굴로 뒤돌아섰다. 금방이라도 눈물이 뚝 떨어질 듯 입술을 깨문다.

한숨을 푹 쉬더니 다시 씽씽카를 타고 달리기 시작한다. 이번엔 분한 듯이 핸들을 꽉 쥐고 속도를 더한다. 그 모습이 왠지 마음에 걸려, 나도 모르게 아이 쪽으로 발걸음을 옮겼다. 우리 부부는 자연스럽게 아이 곁에 다가가 말을 걸었다.

"우리가 봤어! 정말 멋졌어!"

아이의 눈이 반짝였다. "엄마가 몰라줘서 속상했구나."하고 말하자, 아이의 얼굴이 금세 활짝 피었다. "할아버지, 할머니가 너 열심히 달려오는 거 다 봤단다." 하며 웃어 주자 아이는 해맑게 손을 흔든다. 순수하고 사랑스러운 눈빛에 마음이 따뜻해졌다.

알고 보니 이 가족은 여덟 명. 부모님과 여섯 명의 자녀가 함께하는 다둥이 가정이었다. 요즘처럼 한두 명 키우는 시대에 여섯 명이라니! 아이들이 서로 장난치고 뛰노는 모습에서 왠지 모를 활기가 느껴졌다. "이런 가족이 이웃이라면, 아이 엄마도 돕고 아이들 정서도 함께 지켜줄 수 있을 텐데…" 하는 생각이 들었다.

아이들은 결국 엄마 손을 꼭 붙잡고 집으로 돌아갔다. 그중 한 아이는 가는 길에 뒤돌아 우리에게 작게 손을 흔들어 주었다. 그 작고 깜찍한 손짓이 왠지 오래도록 눈에 남았다. 어쩌면 "할머니, 할아버지 우리 집에 와요." 그런 마음 아니었을까?

요즘 대한민국의 저출산 문제는 단순한 사회 이슈를 넘어 국가의 미래를 위협하는 위기다. 2023년 합계출산율은 0.72명. 세계에서 가장 낮다. 그런데도 다자녀 가정은 여전히 꿋꿋이 생명을 이어가고 있다. 다만 이들이 겪는 현실은 버겁기만 하다. 사회적 관심도, 제도적 지원도 턱없이 부족하다.

경기도 용인에는 무려 열 명의 자녀를 둔 가족이 있다. 처음엔 놀랐지만, 들여다보니 이 집엔 웃음이 많았다. 큰아이는 엄마를 도와 동생을 돌보고, 막내는 장난꾸러기지만 모두의 귀여움을 독차지했다. 서로를 보살피며 살아가는 모습은 부족함보다는 오히려 넘치는 가족애였다.

그렇다고 삶이 여유롭다는 뜻은 아니다. 이 가족의 월간 식비는 어지간한 4인 가정의 세 배. 교육비, 의료비까지 포함하면 그야말로 경제와의 전쟁이다. 아이들이 하나둘씩 커 갈수록 부모의 어깨는 더 무거워진다. 이쯤 되면 국가가 개입해야 한다. 무상 교육, 세금 감면, 육아 돌봄 확대, 이런 지원이야말로 출산율 회복의 현실적 열쇠다.

또 하나 간과해선 안 될 것이 있다. 바로 정서적인 지원이다. 아이가 많을수록 부모의 시선은 분산되고, 아이들은 주목받기 위해 경쟁하듯 몸부림친다. 애정의 '빈틈'을 메울 수 있는 복지 시스템이 절실하다. 지역 사회가 나서서 멘토링이나 심리 상담 프로그램을 마련하면, 아이들은 정서적으로 더 안정된 환경에서 자라날 수 있다.

형제가 많은 가정에서 아이들은 다투기도 하지만 그만큼 협력도 배운다. 울며 웃으며 자라난 아이들은 장차 서로에게 가장 든든한 친구가 된다. 가정은 작은 사회라고 하지 않던가. "가지 많은 나무에 바람 잘 날 없다"는 말처럼, 다둥이 가정에는 크고 작은 사건들이 끊이지 않겠지만, 그 속에서 '가족'이라는 단단한 뿌리가 자란다.

나는 오늘, 씽씽카를 타던 그 아이의 웃음 속에서 우리 사회의 희망을 보았다. 작지만 빛나는 그 미소 하나가, 우리에게 '지켜야 할 이유'를 말해주는 듯했다. 저출산 문제를 해결하는 방법은 숫자만의 싸움이 아니라, 가치를 알아보는 마음에서 시작되어야 한다. 다둥이 가정이 사회의 짐이 아니라, 희망이라는 사실을 우리는 잊지 말아야 한다.

그리고 다음번에도 아이가 "나 봐봐!"라고 외친다면, 그땐 우리 모두가 고개를 들어, 두 손 들어, 그 아이에게 "정말 잘했어!" 하고 말해줄 수 있었으면 좋겠다.

그리운 사람을 만나는 기쁨

아들이 결혼할 때 주례를 맡아 주셨던, 존경하는 신부님을 찾아뵈었다. 신부님은 늘 소외된 신자들과 병상에서 고통받는 이들에게 마음을 쏟는 분이시다. 겉치레 없는 삶과 따뜻한 사목 활동이 늘 존경스러웠고, 같은 고향 출신이라는 이유로 더욱 정겹게 느껴지곤 했다.

그리운 사람을 찾아간다는 건, 설렘과 기대를 안고 길을 나서는 일이다. 누군가가 나를 찾아오면 반가운 것처럼, 내가 좋아하는 이를 찾아가는 일도 마음 깊이 기쁘다. 존경하는 님을 만나러 먼 길을 떠나는 건, 그 사람의 삶에 나의 시간과 마음을 얹어 함께 걸어가는 일이기도 하다.

출발 전, 신부님께 연락을 드렸지만 별다른 응답이 없었다. 평소 과묵한 성품을 알기에 대수롭지 않게 여겼고, 남편과 함께 신앙심 깊은 지인들과 길을 나섰다.

양구로 향하는 길은 예전과 달라져 있었다. 한때 '꼬부랑

길'이라 불렸던 구불구불한 산길은 이제 긴 터널 덕분에 한결 편안해졌다. 전국에서 가장 길다는 5km의 배후령터널을 지나며, 길이 뚫린 만큼 거리도 단축되었다. 멀미를 하면서 가던 '꼬부랑길'이 아니라서 너무 좋았다.

한편, 이 터널이 뚫릴 때 다른 생명들이 놀랐을 걸 생각하니 미안해졌다. 사람들의 편리함은 좋은데 자연 속에 살았던 동물들은 어딘가로 영역을 찾아 떠났을 것이다. 이 산속에 주인은 작은 동물들인데 그들에게 허락이라도 받았을까? 속수무책 이사를 가야 하는 산속 식구들은 어딘가로 갔을 것이다.

양구 성당 주변에는 아름다운 자연경관이 펼쳐져 있었고 특히, 양구의 산과 계곡은 사계절 내내 아름다움을 자랑한다고 말한다. 봄에는 산벚꽃이 만개하고, 여름에는 푸르른 숲이 시원함을 준다. 가을에는 단풍이 물들어 환상적인 풍경을 만들어 더없이 아름답다. 산이 주는 경관과 계곡은 한여름에 더위를 피해서 이곳에 오면 더없이 좋을 듯하다. 겨울에는 눈 덮인 산들이 장관을 이루고 빙산에 갇힌 고장이 되기도 할 것이다.

양구 성당을 방문해 보니 마치 '본당 설립 60주년 성전 중창 및 사제관 수녀원 신축 기금 마련'이라는 현수막이 펄럭였다. 특산물을 팔고 건축 기금 모금을 하러 곳곳의 성당을 방문하실 것 같았다. 왠지 나의 마음도 가볍지 않았다. 어쩌면 신부님을 도울 좋은 기회가 되어 다행인지도 모르겠다. 나의 도움은 미소할 뿐이지만 최선을 다하는 것이라면 적은 금액도 부끄럽지 않을 것 같다.

둘러보니 여기저기 금이 간 세월의 흔적이 고스란히 묻어나는 오래된 건물이었다. 신부님은 산이 깊은 곳에서, 낡은 성당에서 사목을 하고 계시는구나 싶어 가슴이 아팠다. 사목을 마치고 떠나면 그만인데 남아 있는 양들을 위해 기꺼이 무거운 짐을 지기로 결심하신 것 같았다.

토요일 낮 미사에 참석하니 신부님은 여전히 부지런하셨고, 신자들에 대한 사랑이 그대로 느껴졌다. 건강한 모습에 마음이 놓였고, 간결하면서도 울림 있는 강론은 깊은 여운을 남겼다. 예상보다 많은 신자들이 미사에 함께한 것을 보며, 신부님의 열정을 느낄 수 있었다.

미사 후에는 회의 일정이 있다며 우리를 사제관으로 안내해 주셨다. 사제관 내부는 깔끔하게 정돈되어 있었고, 냉장고 속 물건들까지 칸칸이 정리된 모습이 눈에 띄었다. 웬만한 주부보다 살림을 더 잘하실 것 같았다. 일인다역의 삶 속에서도 질서와 정돈을 잃지 않는 신부님의 모습을 떠올리며, 경외심마저 들었다.

잠시 후 회의를 마치고 돌아오신 신부님과 함께 식당으로 향했다. 산자락 아래, 정성스러운 음식으로 소문난 곳에서 따뜻한 식사를 나눴다. 좋아하는 사람과 마주 앉아 밥을 먹는 일은, 그 자체로 하나의 축복이었다. 담백하면서도 진솔한 대화 속에서 신부님의 깊은 신념과 양들을 향한 헌신이 고스란히 전해졌다.

요즘은 낡은 성당과 사제관, 수녀원 신축을 위해 기금을 모으고 계신다고 했다. 군부대가 많은 양구 지역 특성상 여건이 쉽지 않아, 전국을 돌며 도움을 요청하는 중이라고 하셨다. 서울 방문 일정이 미뤄진 덕분에 우리가 이렇게 만나게 된 거라는 말씀에, 그날의 만남이 더없이 뜻깊게 느껴졌다.

연락이 닿지 않았던 이유도 들었다. 핸드폰을 세탁기에 넣고 함께 돌리는 바람에 고장이 났다는 해맑은 고백에 다 함께 웃었다. 신부님의 삶은 검소하기 그지없었다. 냉동고에 밥이 가지런히 쌓여 있었고, 영양제 하나 없이 오직 소박한 일상만이 담겨 있었다. 신자들을 위해 자신의 편안함은 안중에 없는 듯했다.

'밑반찬이라도 몇 가지 챙겨 올 걸…' 아쉬움이 밀려들었다. 나는 결국 남편 몰래 건축 기금에 작은 보탬을 더했다. 전국을 돌며 모금 활동을 이어가시는 그 노고를 생각하니, 가만히 있을 수 없었다. 내가 할 수 있는 만큼의 응원을, 조심스레 담아 드리고 싶었다.

창밖엔 마치 우리의 방문을 반기듯, 함박눈이 소복소복 내리고 있었다. 한겨울 속 피어난 벚꽃처럼 아름다운 풍경이었다. 언젠가 신부님이 이곳을 떠나시더라도, 그 따뜻한 헌신과 사랑은 오래도록 우리 마음속에 남을 것이다

누구나 적당한 페르소나는 필요하다

사도 바오로의 코린토 2서 말씀입니다. "우리는 속이는 자 같이 보이지만 실은 진실합니다. 인정을 받지 못하는 자같이 보이지만 실은 인정을 받습니다."

오늘 새벽 미사 제1 독서내용이다. 평소에는 흘려들었던 구절인데, 오늘따라 가슴에 유독 깊이 와닿았다. '겉과 속이 다른 것처럼 보이지만 실은 그렇지 않다'라는 이 말씀은, 누군가의 삶을 아주 정직하게 비추는 거울 같았다. 아니, 어쩌면 나 자신을 향한 말씀이었는지도 모른다.

우리는 수많은 사람들과 스치며 살아간다. 그런데 그 수많은 만남 속에서도 진정한 모습을 만나기 어렵다. 어떤 이는 모든 걸 다 가진 사람처럼 보이지만, 알고 보면 텅 비어 있다는 것을 알 수 있다. 어떤 이는 웃고 있지만, 그 웃음 속에 말 못할 슬픔을 안고 있다. 어떤 이는 모두에게 인정받는 듯하지만, 뒤에서는 그를 향한 비난이 무성하다. 인간이란 참으로 복잡하고, 그 복잡함을 들키지 않기 위해 우리는 모두 저마다의 '페르소나'를 쓴 채 살아간다.

진실한 관계란, 마음을 열고 허심탄회하게 소통하는 데서 시작된다고 나는 믿는다. 그러나 요즘은 다름을 인정하지 못하는 사회 속에서, '생각이 다르다'는 이유로 경계심을 드러내는 모습이 더 익숙하다. 공동체 안에서도, 종교 안에서도 마찬가지다. '공동체'라는 이름으로 뭉치지만, 그 안에선 여전히 누구는 들이고 누구는 내치는 선이 존재한다.

누구나 일정한 '가면'을 쓰고 살아간다. 적당한 자기 위선은 사회생활을 위해서라도 필요한 방어 기제일 수 있다. 프리츠 펄스는 말했다.

"집단에 들어가기 전에, 개인이 먼저 성장해야 한다." 이 말은 내게 늘 울림을 준다. 내면이 자라지 않은 채 공동체에 속하면, 그 속에서 더 큰 상처를 받게 된다. 그리고 그 상처는 쉽게 치유되지 않는다.

결국 신앙도 마찬가지다. 신앙은 개인의 내면에서 자라고 다져져야 한다. 튼튼한 뿌리가 없으면 조그만 바람에도 흔들리고 만다. 그래서일까. 나는 요즘 '종교 안에서 상처받은 사람들'을 자주 떠올리게 된다. 그들은 말한다.

"이젠 성당에 나가지 않아요." 그 말속에는 섭섭함과 동시에, 공동체에서 밀려난 듯한 외로움이 서려 있다. 마치 낯선 땅에 내던져진 사람처럼 말이다. 우리 사회는 아직도 집단에 속하지 않은 사람을 이상하게 본다. 동아리에 가입하지 않으면, 친목 모임에 자주 나오지 않으면, 눈에 보이지 않게 배제되거나 따돌림을 당한다. 그래서 사람들은 억지로라도 끼어들고, 억지로라도 적응하려 한다. 그러나 억지로 맞춘 자리는 결코 편안하지 않다.

나 역시 그런 경험이 있다. 눈치를 보며 적당히 섞여보려 애쓰고, 존재감을 증명하려는 마음에 인내하고 또 인내한다. 하지만 그 마음은 종종 상처가 되어 돌아온다. 결국 우리는 모두가 진실을 말하지 못하는 세상 속에서, 말하지 않아도 되는 척하며 살아간다. 진실을 드러냈다가 손가락질 받고, 외면당하는 일이 얼마나 많은가. 그래서 우리는 입을 다물고, 표정을 지우고, 대신 하나의 가면을 꺼내 쓴다. 나 역시 예외는 아니다.

그렇기에 나는 '다름'을 인정하고 싶다. 내 속을 들키고 싶지 않은 사람의 마음을 탓하지 않고, 있는 그대로를 받아들이고 싶다. 수박도 속을 보아야 하고, 사람도 함께 지내보아야 속을 안다는 말이 있다. 우리는 그렇게, 시간이라는 렌즈를 통해서만 서로를 조금씩 이해할 수 있다.

적당한 페르소나는 때때로 우리를 보호해 주는 울타리가 된다. 세상은 그 울타리를 허무는 사람보다는, 그것을 지혜롭게 쓰는 사람을 더 오래 기억하는지도 모른다. 하지만 그 가면 속에서도 말과 행동이 일치하는 사람, 겉모습과 내면이 너무 멀지 않은 사람에게 우리는 진심으로 존경을 느낀다.

인정받고자 하는 마음에서 완전히 자유로운 사람은 드물다. 나 또한 그 자유로움에서 멀리 있지 않다. 여전히 인정받고 싶고, 누군가의 진심 어린 시선이 필요하다.

그래서 나는 사람을 오래 지켜본다. '올라갈 때 보지 못했던 꽃을 내려올 때 보았다'는 어느 시인의 말처럼, 우리는 시간이 흘러야만 비로소 어떤 존재의 진가를 알아차릴 수 있다. 성급한 판단은 많은 오해를 가져오기 마련이다.

나는 완벽한 사람보다, 어딘가 비어 있는 여백이 있는 사람이 좋다. 그림을 보아도 여백이 있는 그림이 좋고, 책을 보아도 여백이 많은 책이 좋다. 사람 또한 마찬가지다. 여백이 있는 사람은 여유가 있다. 여유가 있는 사람은 따뜻하다.

나는 유머 있는 사람이 좋다. 말 잘하는 사람보다는, 어눌하지만 정직한 더듬거림이 있는 사람이 좋다. 모두가 빠르게 말하고 판단하는 세상에서, 느리게 말하는 사람을 보면 마음이 놓인다. 실수하지 않는 사람보다는, 실수하고 웃을 줄 아는 사람이 좋다. 완벽한 사람 앞에서는 나도 긴장하게 된다. 반면, 실수하는 사람 앞에서는 나 역시 솔직해질 수 있다.

사람을 만나다 보면, 소탈한 사람이 있고 경직된 사람이 있다. 심리학자들은 말한다. 경직된 사람은 주변 사람까지도 그 분위기에 눌리게 만든다고. 그래서 나는 적당히 솔직하고, 적당히 수다스럽고, 무엇보다 잘 경청하는 사람이고 싶다. 똑똑하지 않아도, 겸손한 사람. 나보다 낮은 자리에 있는 이를 만났을 때 오만하지 않도록 늘 마음을 다잡는 사람. 따뜻한 말을 건네고, 친절을 베풀 줄 아는 사람.

물론, 이것 또한 하나의 '페르소나'일지 모른다. 하지만 나는 오늘도 선의의 가면을 쓰며 살아간다. 진심을 완전히 드러낼 수 없는 세상 속에서, 누군가를 해치지 않기 위해, 나를 지키기 위해, 조심스럽게 가면을 고른다. 그리고 바란다. 이 가면이 누군가에게 상처가 아니라, 작은 위안이 되기를.

먼 길은 함께 걷는 것

처음으로 시작한 농사는 재미가 있었다. 우리 부부가 땅을 일구고 씨를 뿌리면 새싹이 돋아나고 열매를 거두는 것이 신기하기도 하였다. 아침저녁 밭으로 출근하고 퇴근하면서 사계절 변화를 주변 산에서 다 보았다. 봄, 가을에 밭에서 바라보는 산의 변화는 그야말로 그림이다. 봄에는 산벚꽃이 피고 분홍 진달래가 물들어가는 것을 보면서 김소월 시인의 시를 잠시 소리 내 보기도 한다.

녹음이 짙어질 때 나뭇잎이 반짝반짝 흔들릴 때면 지친 우리 부부를 응원해 주는 것처럼 보인다. 가을 단풍도 멋있어 굳이 단풍 든 산에 가지 않아도 지척에서 보고 즐기는 행복한 시간도 갖는다. 이 모든 것이 밭에서 농사를 지으면서 보게 된 아름다움이다. 맑고 높은 가을하늘에 흘러가는 구름은 그야말로 미켈란젤로의 그림이 펼쳐진 것 같다.

즐거움도 잠시 그렇게 시작한 농사는 날이 갈수록 힘에 버거웠다. 실패와 성공을 되풀이하였다. 실패했을 때는 작물이 없어서 돈이 안 되었다. 농산물 과잉 생산으로 제값을 못 받는 경우가 있었다. 이래저래 농사를 짓는 것보다는 차라리 취직하는 게 좋겠다고 생각을 했다.

함께 있으니 좋은 점도 있으나 서로의 의견 분열로 다툼도 잦았다. 차라리 농사를 짓지 않으면 농자금은 아낄 수 있지 않겠냐며 의견을 내놓는 날이면 언쟁이 일어나곤 했다. 애써 지은 우리의 노력이 물거품처럼 되는 날에는 밭을 팔아버리고 싶은 충동이 강하게 일어나기도 하였다.

소득이 있거나 없거나 먹거리를 만드는 일은 매우 중요하다며 남편은 고집을 밀고 나갔다. 농사를 짓겠다고 고집을 피우는 남편과 그만두자는 나와 티격태격 다투는 날이 많아졌다. 그야말로 미움의 씨가 돌밭으로 떨어졌다. 더 이상 돌밭에 떨어진 말의 씨앗은 발아되지 않기를 바란다. 때때로 그 씨앗은 발아되어 다툼이 되곤 한다. 그런 날에는 서로가 닭 쫓던 개 지붕 쳐다보듯이 했다. 생판 모르는 사람처럼 밭에서 그렇게 보내고 오는 경우도 많았다.

아침에 출근해서 저녁에 만나는 것이 좋은 관계를 유지할 수 있을 것이라는 생각은 변함이 없다. 남편은 누구도 간섭받지 않는 나만의 농사일이 즐거운 것처럼 보였다. 마치 농학박

사처럼 매우 진지하다. 혼자만의 직장이 된 그는 이래도 저래도 태평하다.

올해는 모든 작물을 조금만 심기로 했다. 땅을 고르고, 고랑을 만들고, 비닐을 씌우고 고구마 순을 심고…물을 주는 수고까지 열 단계도 넘는 수고를 했다는 것을 잠이 오지 않은 밤에 세어 보았다. 쉽게 얻어지는 것은 아무것도 없다는 것을 새삼 깨닫는다. 마트에서 필요할 때마다 사다 먹는 게 가장 편하다.

농부들이 흘린 땀과 노력의 결실로 식탁에 오를 수 있다는 것을 예전에는 몰랐다. 밭에서 집으로 퇴근하는 것이 일상이 되었다. 이런 일들이 반복되는 일이 어쩌면 우리 인생 같다는 생각이 들었다. 매일같이 가꾸고, 돌보며 결실을 기다리는 과정이, 꾸준히 쌓여 지금의 삶을 이룬 것처럼.

이웃 밭에서 일하시는 노부부가 말한다. "혼자 오시는 아저씨를 보고, 아내가 없는 줄 알았어요." 순간 우리 부부의 갈등을 들켜 버린 기분이었다. 남편이 혼자 밭에 나올 때마다, 서로의 타이밍에 맞추지 못했던 것이었다. 그저 인사를 주고받은 것뿐인데, 소통의 부재를 주위에서도 보고 있었구나 금실 좋은 부부인지, 티격태격 분열하는 부부인지 이웃 밭에서 일하시는 농부도 짐작하나 보다. 어디 그뿐이겠나 하늘에 나는 새들도 다 알겠지. 왠지 쓸쓸하다. 함께 하는 시간이 많다 보니 서로의 성격만 예민해진다.

울적한 마음을 달래려고 주위를 둘러보았다. 사과나무와 복숭아나무가 꽃을 피워 우리 부부를 위로라도 하는 듯했다. 문득 법정 스님의 글이 떠올랐다. "배꽃은 멀리서 보아야 예쁘고, 복숭아꽃은 가까이서 봐야 예쁘다"라고 하듯이 아기 볼처럼 발그레했다. 피곤하고 울적한 마음이 밝아져 내 볼도 발그레해졌다.

각자의 맡은 일을 묵묵히 했다. 나는 고구마를 심고, 남편은 고라니를 막기 위한 울타리를 만들었다. 울타리를 하지 않으면 헛수고가 되어 버린다. 심어 놓은 고구마 순을 쏙쏙 뽑아서 먹거나 줄기를 잘라 버린다. 산이 가까운 밭이라 귀여운 산짐승들이 종종 밭작물을 망쳐 놓는 일이 비일비재하다. 때로는 너그러운 마음으로 "너도, 먹고살아야 하니 그래! 함께 나누며 살자꾸나!"라고 생각도 했다. 너무 관대하게 내어주다 보니 결국 우리 몫을 잃게 되는 해도 있었다.

날짐승도 만만치 않았다. 옥수수가 익을 무렵이면 까치들이 쪼아 먹기 시작한다. '딱' 맛 좋은 시기에 먼저 짐승이 수확한다. 까치들이 다녀가면 쓰나미를 만난 듯 하나도 남김없이 수확해 간다. 공중에서 공격하고 지상에서 노리는 짐승들 때문에 이중으로 농민들은 수고와 비용을 지출해야 한다는 것도 알게 되었다. 울타리는 필수가 되었다. 이 지난한 일을 함께하고 있다.

작업을 마치고 나니 산 뒤에 걸친 해가 산 밑으로 떨어졌다. 농부의 매일의 삶은 새벽부터 시작되고 그렇게 조용히, 하루가 지나간다. 그렇게 우리 부부는 지난한 일을 하면서 먼 길을 함께 걸었다.

조개탄을 닮은 호두, 미안해

호두나무 밑에서 남편과 조개탄(?)을 주웠다. 한 그루에서 반 수레, 두 그루에서 한 수레씩 까맣게 된 호두 열매를 주웠다. '갈색 흑색병'에 걸려 떨어진 호두열매이다. 우리 부부의 마음도 까맣게 되었다 가져다 버리는 것도 큰 무거움이 되었고, 내 마음도 안타까움에 타들어 갔다. 차라리 열리지 아니한 것만 못하다고 투덜거렸다. 하지 말아야 할 말을 하고 말았지만, 남편도 속상한지 "그러게 말이야!" 하며 한숨짓는다.

성실하고 끈질기게 노력하는 남편인데. 보기 좋게 실망을 주었다. 봄에 꽃이 피고 여느 해와 다르게 파란 열매가 휘어질 정도로 열렸다. 남편의 얼굴에 미소가 지어졌다. 기쁨과 기대감으로 우리는 나름 머릿속으로 수익을 계산했다. 그런데 호두가 익어 가는 과정에서 '탄저병'에 걸리고 말았다. 열매보다는 나무를 살리겠다며 우리는 많은 노력을 했다. 새벽에 일어나 농원에 나갔고 해가 뜨기 전, 바람이 불기 전에 약을 쳤다.

고압력으로 높은 나무에 약을 치고 노란 호스는 마치 누런 뱀처럼 보여서 깜짝깜짝 놀라기도 했다. 풀숲에서 노란 호스가 움직이는 것을 보면 여지없이 구렁이처럼 보인다.

삼천 평이 넘는 농원에 호두나무는 무성하게 자랐다. 큰 그늘이 되었고 열매로 이어지니 뿌듯했고 자랑스러웠다. 이 많은 열매가 결실로 된다면 판로는 어떻게 해야 하나? 작업은 누가 감당하나 쓸데없는 고민까지 했는데 염려를 덜어주려고 그런 것인지 하느님께서는 결실까지 마련해 주시지 않았다. 몸은 편할지 모르나 마음은 무거웠다. 이래도 저래도 만만치 않은 농사, 남편의 수고가 아깝다.

처음 그 땅을 산 남편은 퇴직 후 제2의 직장이었다. 남편은 가족의 건강한 먹거리를 만들어 주는 것이 기쁨이고 즐거움으로 생각하는 것 같았다. 초보 농사꾼으로서 성공과 실패를 주변 농민들에게 아름아름 귀동냥으로 배워 나갔다. 영농기술원에서 제공하는 각종 교육도 받았다. 그렇게 농민 생활이 시작되었다. 남편의 꼼꼼하고 성실한 성격으로 함께 일하다 보면 의견충돌이 많기도 했다. 함께 있으면 힘이 될 때도 있지만 화가 치미는 일도 있다. 결국 사랑싸움이지만, 나는 남편에게 농학박사 같다며 치켜세우기도 한다. 대인 관계가 서투른 남편은 농원에서 잘 견디며 우리 가족에게 안전한 먹거리를 생산해 주기도 한다.

밭 주변에는 그 고장의 특산물이 있다. 호박, 오이, 아스파라거스, 배추가 그 주변에서 많이 나온다. 한낮은 뜨겁고 아침저녁으로 서늘한 기온 특성 때문인지 이러한 농산물은 잘된다. 이웃의 농민들은 나름 소득이 있는지 외국 근로자까지 채용하여 농사를 짓는다. 월급까지 주면서 인건비가 나올까 걱정할 정도인데 그 속은 그들만이 아는 일이다.

농사도 기술이고 스스로 터득하고 공부해야 한다. 수없이 실패를 거듭하여 농사 기술을 배운다. 또한 농사란 절반이 하늘이 지어준다고 말하지 않는가! 자연이 돕지 않으면 성공할 수 없음을 느꼈고 우직하게 일하는 것만으로 소득을 가져올 수 없다는 것을 배웠다. 나는 이웃 주변에서 농사하는 종목을 우리도 해보자고 말하고, 남편은 그들 따라 하면 함께 망한다고 말한다 '뭉치면 망하고 흩어지면 산다'. 이 말은 이승만 대통령이 말한 것을 역으로 하는 것이다. 같은 종목을 모두가 농사를 짓는다면, 뭉치는 것이지만 제 가격을 받을 수 없다는 것이 남편의 주장이다.

남편은 남들이 하지 않는 흩어지는 농사를 하는데 쉽지 않다. 주변에서 하는 농사를 우리도 해보겠다 하니 노골적으로 경계를 한다. 연금 받아 살만한 사람이 악착같이 자신들을 따라서 하려 하는가? 하는 심보 같았다. 아니 그렇게 말했다. 자신들에게 피해가 오면 어쩌나 하는 경계였다. 그들이 그런 말을 하기 전에도 남편의 생각은 다른 종목을 해야 희소가치가 있다고 말했다. 그렇게 하여 내 먹거리만 조달한다는 생각으로 조금씩 농사를 했다. 그렇게 오랫동안 내 먹거리만 농사를 짓다가 미래를 생각하여 나무를 심기로 했다 그것이 바로 호두나무였다.

지역 기후가 문제인지 기술 부족인지, 나무 키우는 것도 만만치 않았다 심어 놓은 것에 절반이 병충해로 죽어 나갔다. 끈질긴 남편은 또다시 묘목을 구입하여 심기를 반복했다. 끈질긴 남편의 집념, 안쓰러웠다. 죽고, 심고를 반복하여 나무는 자랐다. 모든 것은 때가 있기 마련이다. 심을 때가 있으면 거둘 때가 있다. 무성한 나무로 보자면 이제는 거둘 때가 되었다.

주변 농민들의 시선이 의식되었다. 성공했음을 보여주고 싶은데 뜻대로 안 되는 것이 인생이고 농사이다. 태풍 '힌남로'가 온다 하여 걱정했다. 나무가 쓰러지면 어쩌나 열매를 떨어뜨리면 어쩌나 걱정했는데 '영서지방'은 무사히 지나갔다. 우리 농원도 무사했다. 우리 부부는 나날이 체력이 떨어지고 늙어 가는데 이 농원을 누가 지키고 가꿀 것인가? 고민하지 않을 수가 없었다.

조금만 소홀히 해도 농원은 온갖 잡풀로 산이 되는데 순간이다. 무서울 정도로 잡풀은 자란다. 먹지 못하는 잡풀은 끈질긴 생명력을 가졌다. 끝없이 제거해도 돋아난다. 그야말로 잡초와의 전쟁이다.

농산물이 식탁에 오르기까지 농민의 피와 땀의 노력이 따른다. 소득이 보장되면 기쁨이고 보람일 텐데 헛수고가 될 때는 허탈감에 빠진다. 남편의 마음은 얼마나 실망스럽고 마음 아플까 남편이 측은해졌다. 땀을 비 오듯 쏟아내는 사람이다. 많이 속상할 것이다. 흩어지는 농사를 하겠다며 시작된 것이 보기 좋게 소득으로 이어지면 얼마나 좋으랴! 첫술에 배부를 수 있겠나 하는 생각으로 내년을 기대해 본다.

남편을 향한 내 마음이 딱딱한 호두 같았는데 노력하는 것을 보니 측은한 마음으로 열린다. 부부란 서로의 다름을 인정하고 받아들이겠다는 것으로 시작하는데 우리는 다름을 인정하지 않았다. 서로가 융합하고 일치해야 힘이 되고 위로가 될 터인데 우리는 각자의 주장만 하면서 밀어내기를 했는지도 모르겠다. 누구보다 남편은 농민들을 잘 이해하고 농민들을 사랑하는 사람이다. 이런 사람에게 하느님은 축복해 주실 것으로 믿는다. 비록 올해는 조개탄을 닮은 썩은 호두가 많았지만, 내년에는 건강한 호두 열매가 열릴 것을 기대해 본다.

천경자 그림 전시회를 다녀와서

천경자 화백을 떠올리면 먼저 그녀의 큰 키와 강렬한 인상이 스쳐 지나간다. 고흐처럼 도드라진 광대뼈와 날카로운 눈빛이 특히 기억에 남는다. 그리고 그녀의 독특한 그림들, '생태', '꽃과 여인', 머리에 꽃을 모자처럼 이고 있는 여인, 그리고 머리 위에 뱀을 얹고 있는 여인까지. 특히 '생태'라는 작품은 유리 상자 속에 35마리의 뱀을 관찰하며 그렸다고 한다. 아름다운 소재도 많을 텐데, 왜 하필 뱀을 선택했을까? 의아하면서도 강렬한 인상을 남겼다.

'생태'라는 그림은 단순한 장식용 작품으로는 상상하기 어렵다. "이 그림을 집 안 어디에 걸어야 어울릴까?" 하고 생각해 본 적이 있었다. 어디에 걸어 두던 사람들을 놀라게 할 것 같았다. 그런데 아이러니하게도, 천경자 화백이 세상에 널리 알려진 계기 역시 이 '생태'라는 그림 덕분이었다고 한다.

그녀의 작품 속 인물들은 공통적으로 묘한 눈빛을 가지고 있다. 가만히 들여다보면 마치 뱀의 눈을 닮은 듯한 느낌이 든다. 나만 그렇게 보는 걸까? 그녀의 인물들은 하나같이 뚫어져라 응시하는 듯한 날카로운 시선을 지니고 있다.

천경자 화백은 시대를 앞서간 여성이었다. 그녀는 네 번의 결혼과 이혼을 경험했다. 이는 그녀가 당대의 사회적 시선이나 타인의 평가에 크게 얽매이지 않았음을 보여준다. 물론 결혼과 이혼이 자랑할 일도, 감출 일도 아니지만, 그녀는 남녀가 평등하지 않은 환경 속에서도 오롯이 자신의 길을 걸어갔다. 그러한 갈등과 번뇌가 오히려 그녀를 더욱 자유롭게 만들었고, 예술적으로도 깊이를 더하게 했을 것이다.

그녀는 삶의 굴곡 속에서 많은 여행을 다녔다. 그래서인지 그녀의 그림에는 이국적인 정서가 묻어난다. 특히 남미풍의 색채와 분위기가 두드러지는데, 강렬하면서도 부드러운 파스텔 톤의 색감은 마치 고갱의 작품을 연상시켰다. 그녀의 삶이 결코 순탄하지 않았음에도, 그림은 따뜻하고 부드러운 색감으로 승화되었다. 날카로운 선 대신 유려한 곡선이 살아 있어 더 매력적이다.

그녀는 말년에 자신의 그림이 위작 시비에 휘말리며 사회적 논란의 중심에 서기도 했다. 작가 본인이 자신의 그림이 아니라고 주장하는데도, 세상은 그것이 진품이라 우겼다. 자신이

산고 끝에 낳은 아이를 몰라볼 리 없지 않은가! 그녀의 억울함
과 분노가 느껴져 안타까웠다.

또한 그녀는 수필과 여행기를 통해 자신의 삶을 기록하며
다재다능한 예술가로서의 면모를 보였다. 특히 '토지'로 유명
한 박경리 작가와 깊은 친분이 있었다는 점은 흥미로웠다. 천
경자 화백이 천식으로 고생할 때, 박경리 작가가 인세를 받아
그녀에게 빌려줄 정도로 두 사람은 돈독한 우정을 나누었다
고 한다.

그녀가 나와 같은 고향 출신이라는 사실은 내게 묘한 자부
심을 안겨주었다. 내 고장에서 천경자 같은 예술가가 나왔다
는 것이 더욱 자랑스러웠고, 그 감정을 아들과 함께 나누고
싶어 전시회를 찾아가기로 했다. '고흥'으로 가는 길은 평탄
하게 잘 닦여 있었고, 마치 유럽의 드넓은 평지를 달리는 듯한
기분이 들었다.

아들과 단둘이 떠난 여행은 처음이었다. 아들은 차 안에서
내게 여러 질문을 던졌고, 나는 그 질문에 답하며 마치 실타래
가 풀리듯 이야기를 술술 풀어나갔다. 지루할 법도 했지만, 대
화를 나누다 보니 어느새 목적지에 도착했다. 문학과 예술에
관심이 많은 아들은 내 이야기에 흥미롭게 귀를 기울였고, 글
을 가장 진지하게 읽어 주는 든든한 독자인 아들과 함께한 시

간이 새삼 소중하게 느껴졌다. 전시회에서 화백의 작품 앞에서 사진을 찍고 난 뒤, 아들이 불쑥 말했다.

"엄마가 천경자 화백이랑 많이 닮았네."

키도 크지 않고 천경자 화백처럼 날씬하지도 않은데, 닮은 점이라면, 아마도 광대뼈일 것이다. 그녀와 나 모두 강렬한 인상을 주는 얼굴을 가졌다는 공통점 때문일까. 그래도 아들이 나를 '멋진 여성'이고 '앞서가는 사람'이라 칭하며 유명인에 빗대어 말해주니 기분이 나쁘지 않았다. 여행을 통해 아들과 한층 더 가까워진 느낌이 들었다.

이번 여행은 단순히 예술가의 발자취를 따라가는 것 이상의 의미를 남겼다. 천경자 화백의 삶과 작품을 통해 시대를 앞서갔던 한 여성의 생애를 돌아보며, 나와 가족의 관계, 그리고 우리가 함께 나눈 이야기에 대해, 다시금 감사한 마음을 가지게 되었다.

천사가 따로 있나요

이른 아침, 루르드 성당으로 향하던 길이었다. 아직 한기가 가시지 않은 새벽 공기 속에서, 마치 출근이라도 하듯 단체복을 입은 이들이 둘씩, 셋씩 짝을 지어 걷고 있었다. 수도자인가 싶었지만, 그들의 얼굴엔 무거움보다 따뜻한 사명감이 어렸다. 나는 그들이 어디로 가는지 궁금해 조용히 뒤를 따랐다.

그들은 병원 건물로 들어갔다. 나도 따라 들어가려다 문 앞에서 멈췄다. 혹시라도 거절당할까 봐, 괜한 방해가 될까 봐 멀리서 바라보는 것으로 만족했다. 나중에 알게 된 사실이지만, 그들은 수도자가 아니라 세계 각지에서 모인 자원봉사자들이었다.

루르드 성당은 기적이 일어나는 성지로 알려져 있다. 그래서일까, 이곳을 찾는 환자들이 끊이질 않는다. 성당 인근에는 수도원에서 제공하는 숙소와 음식이 있었고, 장애를 지닌 이들을 위한 온갖 편의 기구도 구비되어 있었다. 대기실엔 다양한

휠체어가 가득했고, 침대처럼 생긴 휠체어는 누운 채로 이동해
야 하는 '와상' 환자를 위한 것이었다. 봉사자들은 이 모든 도
구를 이용해, 스스로 움직일 수 없는 이들을 정성껏 도와주고
있었다.

봉사하는 연령은 다양했다. 아무런 보상없는 일을 하는 그
들의 표정에는 평화가 있었다

장애인들도 웃고 있었다. 몸으로 말하고, 눈과 입으로 웃었
다. 마치 마땅히 누려야 할 권리를 자연스럽게 받아들이는 사
람들처럼 당당했다. 봉사자도, 그 도움을 받는 이들도 해맑은
영혼들이었다. 그곳은 천사들이 머무는 자리 같았다.

나는 사람들이 없는 성당 안으로 들어가 조용히 기도를 했
다. 성당 입구 벽면에는 치유 받은 사연을 새긴 '타일'들이 빼
곡히 붙어 있었다. 돈을 기부하고 사연을 기부한 사람들의 사
연들이 아닐까 짐작했다. 수백, 어쩌면 수천 장은 되어 보였다.
셀 수 없는 감사 인사와 건강을 되찾은 기쁨이 거기에 새겨진
것은 아닐까? 짐작해 본다. 그 타일 하나하나가 기적의 증언이
었고, 간절함의 흔적이었다.

오늘도 많은 환자들이 이곳을 찾았다. 누군가는 병에 시달
리고, 누군가는 태어날 때부터 장애를 안고 살아왔는지 모르
겠다. 그들에게 이곳은 마지막 희망일지도 모른다. "네 믿음이

너를 구원하였느니라"라는 성경의 말처럼, 그들 마음속엔 절박한 믿음이 있었다. 그런 믿음의 증거가 '타일'로 남긴 듯했다.

미사가 시작되자, 광장에는 사람들이 모여들었다. 유럽의 하늘은 시시때때로 표정을 바꿨고, 그날도 이슬비처럼, 가랑비처럼 부드러운 비가 내렸다. 잠시 우산을 쓰지 않아도 될 만큼의 비. 그런데도 그 누구 하나 불편한 기색이 없었다. 그 모습에서 나는 깨달았다. 기적은 몸의 치유에만 있는 것이 아니었다. 비를 맞으며, 담담히 그 자리를 지키는 얼굴들. 그 인내와 평온함 속에서 나는 마음의 기적을 보았다.

이곳에서 어떤 차별도 느껴지지 않았다. 도움을 주는 사람이나 받는 사람이나, 모두 웃으며 소통하고 있었다. 누군가는 무거운 환자를 앞에서 당기고 뒤에서 밀며 경사진 언덕을 오르고 있었다. 그 장면은 누군가의 삶이 존중받고, 차별 없이 인정받는 순간이었다. 나는 생각했다. 세상의 평화가 바로 이 자리에 있구나.

카페에 들러 혼자 차를 마시는데, 중년 이상의 부인들이 봉사 단체복을 입고 커피와 빵을 나누고 있었다. 그들의 얼굴엔 삶의 우아함이 깃들어 있었다. 아마도 퇴직 후 남은 생을 봉사로 채우기 위해 이곳을 찾은 건 아닐까. 말이 통했다면 묻고 싶었다. 어떤 계기로 이곳에 왔는지, 예전엔 어떤 일을 했는지, 이 봉사가 순수 지원인지. 또, 어느 나라에서 왔는지도. 궁금했다. 그저 바라보는 것만으로도 마음이 따뜻해졌다. 마음의 부자들이 이곳에서 봉사를 하고 있었다. '이타적' 삶을 살고있는 그들이야말로 천사들이었다.

세상은 물질 만능에 사로잡혀 신앙마저 외면하는 시대다. 너나 할 것 없이 황금을 쫓으며 살아간다. 그런 현실 속에서, 이들의 삶은 가난해도 부자처럼 느껴졌다.

진짜 부자란, 나 자신을 사랑하고 타인을 위해 기꺼이 살아가는 사람들 아닐까. 루르드에서 만난 수많은 봉사의 천사들. 그들을 통해 나는 묵직한 감동을 얻었고, 문득 마음속에 한 가지 소망이 떠올랐다. 나도 언젠가, 그들처럼 봉사하며 노년을 보내고 싶다. 누군가의 삶에 따뜻한 조각이 되어주는 것. 그것이야말로 내가 꿈꾸는 가장 아름다운 노년의 모습이다.

폭삭 늙었다는 말 한마디

헝클어진 머리, 움푹 들어간 눈두덩이, 그리고 피곤함에 지친 얼굴이 유리창에 보였다. 낯선 얼굴이 나의 모습이었다. 한때 생기 넘치던 나의 모습은 어디로 갔을까. 아침에 피어나는 나팔꽃처럼 활짝 웃는 얼굴이면 좋으련만, 거울 속 나는 초라한 한 마리 암컷이었다. 낯설기만 하다. 젊음이 영원하다면 얼마나 좋을까. 인간이라면 누구나 늙고 변하는 것이 자연의 이치다. 자연의 순리는 순환해야 한다.

그런데도 우리는 자연의 흐름을 거스르려 한다. 성형 기술이 발전하면서 이제 사람들은 본래의 얼굴을 버리고 인위적인 미를 추구한다. 얼굴뿐만 아니라 키를 키우는 방법까지 등장했다. 성형 미인이 많아지고, 외모에 대한 기준도 점점 더 획일화되었다.젊은 세대들은 하나같이 인형 같다. 과연 이 흐름이 옳은 것일까? 이 모든 것은 거울에서 비롯되었다고 말한다.

사회는 '여자의 변신은 무죄'라며 외모 가꾸기를 부추긴다.

첫인상은 중요하고, 외모로 평가받는 일이 많아졌다. 나 역시 그랬다. 그러나 정말 외모만으로 사람을 판단할 수 있을까? 사기꾼들은 사교성이 뛰어나고, 외적으로 신뢰감을 주는 인상을 지녔다. 겉모습에 속아 피해를 본 사람들도 많다. 사람을 진정으로 이해하기 위해서는 대화와 시간이 필요하지만, 우리는 겉모습으로 먼저 평가하는 실수를 반복한다.

외모지상주의가 판을 치고 있다. 늙은 여자들도 노인 점을 빼고 보톡스를 맞고 필러를 맞아 골이 패인 주름에 빵빵하게 불어넣는다. 나는 그런 것을 나쁘다고 말하지 않는다. 늙어가는 모습을 좋게 보는 사람은 없다. 피부를 관리하는 것도 그 여성의 능력이라고 말하고 싶다. 노인 점이 늘어나 그것을 제거하는 시대에 산다면 그러한 기술에 도움을 받는 것도 좋다고 생각한다. 그래서 그런지 모르겠지만 요즘은 나이를 직감할 수가 없다.

어느 날, 친구가 전화를 걸어왔다.

"요즘 피곤해 보여. 살도 빠지고, 기운도 없어 보여. 폭삭 늙은 것 같아. 병원에 가 봐."

걱정해서 한 말이겠지만, 내 가슴에 총알처럼 날아와 꽂혔다. 전화를 끊고 나서도 친구의 말이 계속 맴돌았다. '폭삭 늙었다고?' 아니 어떻게 여자에게 그런 말을 할 수 있나? 괘씸하기도 하고 나에게 무슨 나쁜 감정이라도 있나? 전화를 끊고 나서 곰곰이 생각해 보았다. 아무리 친하고 염려해 주는 것도 좋은데 참으로 서운했다. 기왕 염려가 되었으면 차라리 따듯한 밥이라도 사 주면서 "요즘 바쁜 일 있는 거야 많이 야위었다."는 식으로 에둘러 말해도 좋으련만 칼로 찌르는듯한 말로 상처를 줄게 무언가 나도 모르게 거울을 들여다보았다.

피곤하면 세수도 하지 않고 자는 사람이고 좋은 것을 찾아서 화장하지 않는 나는 검소하기 그지없다. 누가 보면 사치와 소비를 할 것처럼 보이지만 보이는 것 하고 정반대이다.

환경을 생각하자며 흰머리 염색하지 말고 있는 그대로 다니자고 말하던 지인들이 약속을 어기고 검은 염색을 하고 나오면 약속을 지키는 나만 하얀 머리로 그들을 만난다. 내가 순진한 건지 바보인 건지 모르겠다. 그렇다고 말을 세게 해서 좋을 게 무엇인가. 여자들의 심리는 묘하다.

지인들은 흰머리를 자연스럽게 두자고 말하면서도, 혼자 약속을 지켰을 뿐이다. 그러자 친구는 농담처럼 말했다.

"커밍아웃하기로 한 거야?" 함께 약속해 놓고 엉뚱한 소리를 한다.

강경화 전 외교부 장관의 흰머리는 멋지다고 칭찬하면서도, 정작 우리 자신은 흰머리를 용납하지 못한다. 자연스러운 나이 듦을 받아들이지 않으면서, 남의 용기는 찬양하는 모순. 결국 나도 염색을 하고 말았다. '나 하나쯤이야'라는 생각에 신념을 저버렸다. 외모지상주의는 단순한 유행이 아니다. 그것은 사회적 압박이고, 흐름이다. 나는 흐름에 맞서지 못했다. 타인을 의식하는 모순에서 나는 자유롭지 못해 염색을 하고 말았다. 그러나 한가지 의문은 남는다. '정말 외모는 나를 결정하는 가장 중요한 요소일까?' 그 사람이 지니고 있는 내적 성숙은 볼 수가 없다. 그러니 어찌하나 외모지상주의에 나도 갈아타야 하지 않겠는가? 나는 오늘도 거울 앞에서 고민한다. 필러를 맞아야 하나? 보톡스를 맞아야 하나? 어이없는 이 현실에 헛헛한 웃음을 짓고 말았다.

하루살이의 하루, 나의 하루

　시집을 필사하던 어느 겨울날이었다. 조용히 컴퓨터 앞에 앉아 집중하고 있는데, 눈앞에 작은 하루살이 한 마리가 날아들었다. 처음엔 대수롭지 않게 넘기려 했다. 하지만 그 작은 생명체는 마치 필사에 끼어들고 싶다는 듯, 시야를 가로질러 분주히 날아다녔다.

　신경이 쓰이기 시작했다. 손을 뻗어 휘젓기만 해도 쉽게 사라질 것을 알면서도, 그 작은 움직임은 내 집중을 조금씩 무너뜨렸다. 결국 손바닥을 탁 내리쳤지만, 하루살이는 기민하게 손가락 사이를 빠져나갔다. "그래, 겨울을 견뎠으니 네 수명 다할 때까지 살아 봐라." 체념하듯 중얼거리고 다시 글에 몰두해 보려 했지만, 이번엔 내 하얀 옷 위에 점처럼 가볍게 내려앉았다.

　그 미세한 무게감이 묘하게 마음을 찌른다. 이 작은 생물이 어떻게 나를 이토록 흔들 수 있는 걸까. 결국 결심했다. 반드시 잡고 말겠다고. 하루살이가 다시 눈앞에 나타나기를 기다

린다. 그런데 막상 그 순간이 오자, 손이 움직이지 않는다. '내가 너무 예민한 걸까?'

참깨보다도 작은 생명 앞에서 주춤거리는 내가 우스워진다. 그 머뭇거림을 눈치채기라도 한 듯, 하루살이는 어느새 멀찍이 물러서서 나를 바라보는 것 같다. 몇 시간이 흘렀다.

다시 글에 몰입해 보려 했지만, 작은 생명체는 흔적 없이 사라지고 없었다. 내가 잡지 않았는데, 벌써 수명이 다한 걸까. 아니면 내 결심을 알아차리고 스스로 떠난 걸까. 점처럼 작은 미물의 존재가 남기고 간 허전함이 마음 한구석을 스친다. 생각해 보면, 그 하루살이는 내 일상 속 어디선가 자꾸만 피어나는 작은 불안이나 외로움의 형상이었는지도 모른다. 그저 스쳐 지나가는 생명이라 여겼지만, 오히려 그 존재가 내 마음속 깊은 무언가를 끌어올렸다.

정리되지 못한 감정, 놓치고 지나친 마음의 조각들. 그렇게 작고 사소한 감정들이 나를 흩트려 놓고는 아무런 인사도 없이 떠나 버린다. 나는 잠시 손을 멈추고 화면을 바라본다. 집중하며 썼던 문장들은 흐릿해지고, 머릿속은 하루살이의 짧은 흔적만으로 가득하다. 혹시 나도 하루살이 같은 존재가 된 건 아닐까. 잠시 머물다 사라지고 마는, 그 순간을 온전히 견디지 못한 가벼운 존재로. 그렇게, 필사의 하루는 조용히 저물어 간다.

그녀가 내게로 왔다

송이현 산문집

지은이 송이현 초판인쇄 2025년 6월 23일 초판발행 2025년 6월 27일 펴낸곳 도서출판 상상인 편집주간 황정산 펴낸이 진혜진 기획·마케팅 전은빈 최유림 노혜림 정현수 책임교정 길상화 편집 세종PNP 등록번호 제572-96-00959호 등록일자 2019년 6월 25일 주소 06621 서울시 서초구 서초대로74길 29, 904호 전화번호 02-747-1367, 010-7371-1871 팩스 02-747-1877 전자우편 ssaangin@hanmail.net

ISBN   979-11-93093-97-9 (03810)

값 15,000원

* 이 책은 춘천문화재단의 후원을 받아 발간되었습니다.

* 이 책은 전부 또는 일부 내용을 재사용하려면 반드시 저작권자와 도서출판 상상인의 동의를 받아야 합니다

* 이 도서의 국립중앙도서관 출판시도서목록(CIP)은 서지정보유통지원시스템 홈페이지(http://seoji.nl.go.kr)와 국가자료공동목록시스템(http://www.nl.go.kr/kolisnet)에서 이용하실 수 있습니다.